http://www.bbulmedia.com

Game of God

신의게임

신의게임

1판 1쇄 찍음 2014년 12월 22일
1판 1쇄 펴냄 2014년 12월 29일

지은이 | 월 탑
펴낸이 | 정 필
펴낸곳 | 도서출판 뿔미디어

편집장 | 이재권
기획 · 편집 | 윤영상

출판등록 | 2002년 9월 11일 (제1081-1-132호)
주소 | 경기도 부천시 원미구 소향로 17번길(두성프라자) 303호 (우)420-864
전화 | 032)651-6513 / 팩스 032)651-6094
E-mail | bbulmedia@hanmail.net
홈페이지 | http://bbulmedia.com

값 8,000원

ISBN 979-11-315-6169-0 04810
ISBN 979-11-315-1985-1 04810 (세트)

Game of God
신의 게임

월탑 퓨전 판타지 장편 소설
BBULMEDIA FANTASY STORY

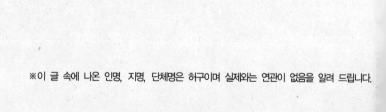

Contents

CHAPTER 25
여행

쉬리릭!

"헉헉!"

몸의 균형이 정상이 되자 민재는 거칠게 숨부터 몰아쉬었다.

조금 전까지 있었던 적과의 격돌.

결코 길지 않은 그 시간 동안 민재는 엄청난 심력을 소모했다.

숨을 몰아쉴 정도로 육체는 피로하지 않았지만, 정신적으로 엄청난 후유증을 겪은 것이다.

"수고하셨습니다, 주인님."

반가운 목소리에 고개를 드니, 방긋 웃고 있는 프롬의 얼굴이 보였다.

게다가.

"주인!"

와락!

곰일과 곰이가 반가움을 숨기지 않으며 안겨 왔다. 게다가.

삐약! 삐약!

열 마리나 되는 노란색의 새가 민재의 머리와 어깨 위에 날아들더니 부리를 딸깍이며 울어 댔다.

지구에선 절대로 볼 수 없는 기이한 모습의 동물들이었지만, 민재에겐 이미 익숙한 존재들이었다.

그들을 대면하니 정신을 옭매고 있었던 긴장이 왠지 모르게 스르르 풀리는 느낌이었다.

"잘 있었냐?"

"주인! 밥밥!"

"녀석들."

민재는 밥을 보채는 곰들을 쓰다듬어 주었다.

이들은 민재의 하인과 프리 미니언.

지난 전장에는 그들을 데리고 가지 않았다.

원래라면 조금이라도 승률을 높이기 위해 그들을 데리고 전장에 참여했어야 했다. 하지만 민재는 승리할 자신이 있었기에 데리고 가지 않았던 것이다.

'지금 생각하면 미친 짓이지만.'

그동안 너무 많은 승리를 한 모양이었다.

자만심에 물들어 적을 얕보다니 말이다.

하지만 지금은 도리어 잘되었다는 생각이 들었다.

만약 이런 경험이 없었다면, 이후에 더 큰 손해를 보게 되었을 테니.

이런저런 생각이 들었지만, 결론은 역시 승리는 달콤하다는 것.

이기지 못했다면 이렇게 여유를 부리는 일은 없었을 것이다. 지금보다 더 절망적인 상황에 처했거나, 그조차도 느끼지 못하였을 테니.

"후우."

민재는 고개를 흔들어 잡념을 떨쳐 냈다.

그리곤 메뉴창을 열고 바로 원룸으로 이동을 했다.

보지 않아도 동료들은 무사할 것이다.

또한 승리 후에 얻게 된 마테리아 역시 꽤 많은 양을 벌어들였을 것이다.

비누엘이 어찌 되었는지 궁금하긴 했지만, 그 역시 잘 해결될 터였다.

이번 대전으로 인해 그의 부족을 위협하는 세력이 사라졌기 때문이었다.

"좀 쉬어야겠어."

민재는 원룸의 침대에 누웠다.

시간을 확인하니 새벽 2시 48분.

민재는 바로 눈을 감았다.

눈을 뜨자 오전이었다.

'많이 잤군.'

민재는 바로 영토로 이동을 했다.

이동한 장소는 성의 앞마당. 거대한 성의 바로 아래에 있는 장소답게 공터는 엄청난 넓이를 자랑했다.

좁은 원룸에 있다 이런 곳에 오니 눈이 호강하는 기분이었다.

"아침 드시겠습니까?"

프롬이 종종걸음으로 다가왔다.

그는 앞치마를 두르고 있었다.

"웬 앞치마야?"

"밥을 지어 볼까 싶어서요."

프롬이 훈훈하게 웃었다.

"갑자기 밥은 왜?"

"가끔은 곰들에게 새로운 것을 먹여 보려구요."

아무래도 프롬은 동물을 기르는 것에 취미가 붙은 것 같았다.

'하긴 이런 곳에 혼자 있으니.'

민재야 학교도 다니고 동료들의 세계에 놀러 가기도 한다지만, 프롬은 영토에 묶여 움직이지 못하는 신세가 아닌가.

NPC에 불과한 프롬이 감정을 느끼는 것도 기이한 일이었지만, 그를 점점 사람처럼 대하는 민재도 문제였다.

그래도 프롬을 NPC처럼 대할 수는 없었다. 아무리 보아도 사람처럼 느껴지는 것이다.

"성공했어?"

"아니요, 물을 너무 많이 부었나 봐요."

"내가 한 번 볼까?"

"그래 주시겠어요?"

프롬이 기뻐했다.

얼른 성 안으로 안내를 하더니, 응접실 한 곳에 마련된 조리장으로 데리고 갔다.

그곳에서 프롬은 마법 화덕 위에 있는 솥을 보여 주었다.

덜그럭.

"이겁니다."

살펴보니 두 공기 분량의 쌀이 들어 있었다.

"확실히 물이 많네."

"얼마나 부어야 하죠?"

"글쎄……."

자취 경력이 있다고는 하나, 전기밥솥만 사용해 본 민재였다.

"밥솥을 사 줄까?"

그 말에 프롬의 눈이 동그랗게 떠졌다.

"정말요?"

"필요하다면."

"야호!"

프롬은 만세를 부르더니 눈을 초롱초롱하게 빛냈다.

"다른 것도 되나요, 주인님?"

"다른 거 뭐?

"전기 오븐이나, 전자레인지나."

"아참, 여긴 전기가 없지?"

"전기는 만들 수 있습니다."

"어떻게?"

"퍼스파들이 전기를 생산할 수 있거든요."

"뭐야?"

민재는 즉시 프롬을 시켜 퍼스파를 데려오게 했다.

삐약!

반가운 낯으로 안겨 드는 퍼스파를 민재는 심각한 얼굴을 한 채 손에 쥐었다.

삐익?

"이건 뭐, 만화에 나오는 전기 쥐도 아니고."

정체불명의 노란색 짐승은 고개를 갸웃했다.

"전기를 만들어 봐."

삐익!

퍼스파가 알아들었다는 듯 울었다. 그러자.

지지짓!

"윽!"

갑자기 저릿한 감각을 느낀 민재는 손을 펴 버렸다.

때문에 바닥에 떨어진 퍼스파는 알 수 없다는 눈으로 민재를 올려다보았다.

"허허, 참."

너무 익숙해져 잊고 살았는데, 이것들은 이계의 생명체였다.

지구상에는 없는 전설 속의 신수와 동급인 존재인 것이다.

"이것들을 지구로 데려가면 난리가 나겠구나. 물론 데려갈 수는 없겠지만."

정말 데려갔다간 진짜 난리가 날 것이다.

반쯤 농담으로 한 말이었는데, 프롬은 곡해한 듯했다.

"데려갈 수 있습니다, 주인님. 대사관에 그러한 기능이 있어요."

"나도 알아."

민재도 알고 있는 바였다.

하지만 지금까지 잊어버리고 있었던 기능이기도 했다. 그동안 너무 바쁜 생활을 해서일 것이다.

'그리고 보니 미냐세를 처음 만났을 땐……'

민재는 그녀를 데리고 지구를 구경시켜 주고 싶다는 생각을 했었다. 과자의 존재조차 모르는 그녀를 위해서 지구의 발전된 문명을 보여 주고 싶었던 것이다.

하지만 당시의 민재에게 그 일은 불가능한 일이었고, 시간이 지나다 보니 어느새 그 일을 잊고 있었다.

그러던 차에 프롬의 말을 들었으니.

'지구를 구경시켜 줄까?'

물론 미냐세를 데리고 갔다간 큰 소란이 일 것이다.

아무리 겉모습이 인간과 판박이인 종족이라지만, 머리 위에 세모난 귀가 달린데다 꼬리까지 있는 소녀가 어떤 취급을 당하게 될지는 굳이 겪어 보지 않아도 빤한 것이다.

하지만 지금은 해결할 방법이 있었다.

바로 스킨.

키나 얼굴, 체격마저 변화시킬 수 있는 스킨 시스템은 종족마저 변화가 가능했다.

이계의 고양이 스킨을 즐겨 사용하는 샤나를 볼 때, 미냐세가 인간의 스킨을 착용한다면 완벽히 지구에 스며들 수 있을 것이다.

물론 그녀가 이상한 짓을 하지 않도록 잘 관리해야 하겠지만 말이다.

'그렇게 생각하니 나쁘진 않군.'

민재는 즉시 동료들에게 초대장을 보냈다.

동료들은 곧이어 소환되었다.

"민재!"

토닥토닥.

반가운 낯으로 안겨 드는 미냐세와 샤나를 쓰다듬어 준 민재는 비누엘에게 말을 걸었다.

"어떻게 됐습니까?"

"잘 해결된 듯하오."

동쪽의 돼크들의 세력이 줄어들었다고 했다.

새벽을 틈타 비누엘이 정찰을 나가 보았지만 일반적인 돼크들만 보일 뿐, 프리 미니언은 보이질 않았다고 했다.

"죽은 건가요?"

"모르겠소. 죽은 것인지, 아니면 사라진 것인지…… 알 방법은 없었소."

"솔로드는?"

미냐세가 걱정스럽게 물었다.

비누엘은 고개를 저었다.

"그 역시 마찬가지요. 그의 존재는 물론이고, 그의 하인이었던 황제마저 갑자기 사라졌소. 누구도 그가 어디로 갔는지는 모르더이다."

추욱.

미냐세의 귀가 쳐졌다.

그와 만난 것은 잠깐에 불과했지만, 그의 심정이 어떠했는지 충분히 공감했기 때문이리라.

"하지만 좋은 일도 있소."

비누엘이 말했다.

"어떤 일?"

미냐세가 묻자, 비누엘은 화사하게 웃었다.

"헤링엘이 스스로를 인정했소."

쿼터 엘프였던 그를 엘프 부족은 따뜻하게 대해 주었다. 하지만 그는 스스로 만족하지 못했다. 인간의 피가 섞인 사생아라고 느낀 것이다.

하지만 그를 그렇게 만든 원천을 만나 본데다 피가 어떻게 섞이게 되었는지를 알게 되자 마음이 차분해졌다고 한다.

"그것을 보며 나 역시 많은 것을 느꼈소. 진실을 보려 노력했지만, 나 역시 누군가를 차별하고 있던 것이 아닌가 싶었소."

"뭔가 발전했나 보군요."

민재는 비누엘이 달라졌다는 느낌을 받았다.

그가 풍기는 기도에 변화가 생겼다는 듯한 느낌은 주관적인 감상에 불과했지만, 객관적으로도 그는 변했다.

상태창에 표시되는 그의 공격력과 공격 속도가 더욱 향상된 것이다.

"심미안 스킬이 강화되었소."

그가 가진 여러 가지 패시브 스킬 중 하나가 더욱 강해졌다.

화살의 파괴력이 더욱 강해진 것은 물론이고, 손기술마저 빨라진 것이다.

큰 변화라 할 수는 없었지만, 비누엘은 상당히 만족해했다.

"그래서 말인데, 우르자. 당신의 영토에서 스킬을 조정해도 되겠소?"

심미안은 평소 자주 사용하던 스킬이 아니었기에, 세부적인 조정이 필요했다.

"상관없다."

우르자는 무뚝뚝하게 대답했다.

"참, 그러고 보니 다들 마테리아를 많이 벌었겠군요."

민재의 말에 다들 고개를 끄덕였다.

"이번 역시 오천의 마테리아를 벌어들였소."

"지난번과 같군요."

모든 것을 걸고 했던 도박답게 그 보상도 컸다.

"하지만 랭크는 큰 변화가 없었소. 플래티넘 2티어에서 다이아 5티어로 상승했을 뿐이오."

지난번과는 달리 2단계만 상승한 것이다.

그래도 상당히 빠른 진전이었다.

민재만 해도 얼마 전까지는 다이아 등급이 아니었던가. 그렇게 생각하면 동료들의 발전은 참으로 빨랐다.

"새로이 생긴 시설은 조련장이오. 가지고 있던 시설이라 그러한지 레벨이 하나 올랐소."

"잘되었군요. 체게게는?"

"뭐뭣?"

체게게가 뜨끔하며 소리쳤다.

"뭐 문제라도 있어?"

"아무것도 아니다."

그녀는 대답을 기피했다. 그것이 이상해 민재가 캐물었다.

체게게는 계속 시선을 이리저리 돌리다 마지못해 대답했다.

"의복점이 생겨났다."

스킨을 만들어 내는 시설이 아닌가?

별것 아닌 사실인데 왜 대답을 회피한 건지, 민재는 짐작이 가지 않았다.

"마테리아는?"

"5천이다. 당장 갚지."

그녀가 민재에게 진 빚이 딱 5천 마테리아였다.

"아니, 나중에 갚아도 돼."

"하지만…… 이자가 있지 않은가?"

"이자? 내지 않아도 돼."

"그, 그런 것인가?"

"그래, 쓰고 싶은데 써도 돼. 물론 다음 전장에서 사용할 분량은 남겨 두고."

"아, 알았다."

체게게는 입을 다물었다.

민재는 마테리아가 당장 필요하지는 않았다. 그보다는 동료들의 시설에 궁금증이 생겼다.

한 명씩 물어보았지만 대답은 대동소이했다.

다들 다량의 마테리아를 벌었고 원하는 시설을 얻게 되었다.

"그럼 우르자의 영토로 가 볼까요?"

"좋소이다."

"제가 안내를 하겠습니다."

우르자가 손을 들었다. 차원이동을 하려는 것이다.

"잠시만 기다려라."

체게게가 그녀를 저지했다.

우르자는 의문스러운 눈길로 그녀를 바라보았다.

체게게는 낮게 헛기침을 한 번 하더니 말했다.

"의복점이 생긴 차에 시험 삼아 사용해 보고 싶은데, 괜찮겠는가?"

"나에게 물을 사안인가?"

"험……."

체게게는 은근한 시선으로 민재를 바라보았다.

"마음대로 해."

"그러지, 잠시만 기다리도록."

체게게는 사라졌다.

하지만 그녀는 돌아오지 않았다.

잠시라더니, 프롬이 차를 내오고, 동료들과 그것을 홀짝거려 빈 잔으로 만드는 시간까지 체게게는 묵묵부답이었다.

두 잔째를 비우고 나서야 체게게는 민재의 영토로 소환되었다.

샤라락.

나타난 체게게는 흰색의 드레스를 입고 있었다.

팔다리가 훤히 드러난 디자인의 옷. 칼 대신엔 짧은 레이피어를, 방패 대신엔 자그마한 핸드백을 쥔 그녀는 금발 엘프의 모습을 한 채였다.

원래의 체게게와는 너무나도 판이한 외양.

"엘프?"

미냐세가 눈을 동그랗게 뜨며 물을 정도였다.

"이, 이상하지 않나?"

"아니, 괜찮아."

미냐세가 껌뻑거렸다. 나쁘지는 않은 반응. 다른 동료들도 처음에만 놀랐을 뿐, 곧 바뀐 모습의 체게게의 외모를 칭찬하기 시작했다.

그러나 고블린만은 달랐다.

"크…… 사기야!"

경악으로 물든 표정.

손가락으로 체게게의 가슴을 가리키며 믿을 수 없다는 듯 눈을 부릅떴다.

"무엇이 말이지?"

"카악! 원래는 이렇지 않았잖아! 가짜는 용서 못……."

찌릿!

체게게가 노려보자 고블린은 즉시 입을 닫고 고개를 돌렸다.

"전투 기능은 어때?"

민재가 물었다.

"무리 없다."

대검 대신에 레이피어가 됐으니 리치가 짧아졌을 것이다. 하지만 민재 역시 검과 창이 그다지 차이가 나지 않았다.

체게게가 이 모습으로 전장에 참여해도 전력이 손실되는 것은 없을 것이다.

"나쁘진 않군."

"그, 그러한가?"

체게게가 헛기침을 하며 고개를 돌렸다. 그녀는 스킨이 마음에 드는 것인지 표정에 은근히 기쁨이 서렸다.

민재는 동료들에게 말했다.

"그럼 우르자의 영토로 가 볼까요?"

"이동하겠습니다."

우르자가 메뉴창을 만지자, 시야가 비틀리는 느낌이 났다.

쉬리릭.

세상이 제 모습을 되찾자, 새로운 풍경이 나타났다.

보라색 하늘 아래에 펼쳐진 대지.

짙은 갈색의 토지는 무척이나 황폐해 보였다.

하지만 고운 입자의 흙무더기 곳곳에 기이한 빛깔의 식물들이 가지런히 정렬되어 있으니 제법 운치가 좋았다.

그러한 대지 너머엔 지붕이 둥근 모스크 형태의 건물이 띄엄띄엄 있었다.

이곳은 우르자의 영토.

"신기해, 더 커졌어."

미냐세가 사방을 두리번거렸다.

벌써 여러 번 방문하였지만, 올 때마다 새로운 것 같았다.

민재도 그러했다. 지구에서는 영화 속에서나 볼 수 있는 기이한 풍경의 세상인 것이다.

"이쪽으로."

우르자가 안내를 시작했다.

스킬을 세부 조정할 수 있는 시설인 마법사의 탑으로 가는 것이다.

뒤를 따라가자 꽈배기처럼 꼬여 있는 커다란 첨탑이 나타났다.

지난번에 방문했을 때보다 더욱 거대해진 모습. 그 외엔 바뀐 것이 없었지만, 한 가지가 달랐다.

첨탑 앞에 두 여인이 손을 가지런히 모은 채 서 있는 것이다.

"오셨습니까, 주인님. 그리고 주인님의 친우님들. 반가워요."

키가 작은 소녀가 원피스 치마 끝을 잡더니 화사하게 웃었다.

하얀 피부에 보라색 머리카락. 머리엔 산양의 뿔처럼 생긴 것이 달려 있었다.

누가 보더라도 우르자와 닮은 모습이었다. 동족이 분명했다.

"안녕? 메리우."

미냐세가 반갑게 인사를 했다. 우르자의 하인인 메리우와는 이미 안면을 텄다.

메리우의 옆에는 여인 하나가 서 있었다.

역시 우르자와 닮은 모습. 다만 그녀는 메리우와 달리 키가 컸다. 우르자와 동족인 동시에 성인인 여성이었다.

"곡주님."

그녀는 한쪽 무릎을 꿇으며 예의 바르게 인사를 했다.

"누구죠?"

민재가 물었다.

우르자의 영토에 몇 번 와 본 적이 있지만 그녀의 하인을 제외한 다른 이는 본 적이 없었다.

"저의 부하인 오미르입니다."

우르자는 앞으로 걸어갔다.

"무슨 일인가?"

"이다르 대주가 습격을 받았습니다."

"이다르가?"

우르자가 다가갔다.

"상세히 말해 보아라."

"임무를 수행하던 음룡대가 검은 숲에서 적습을 받았습니다. 사망자 없이 도주를 하였으나, 대원 넷과 이다르 대주가 큰 상처를 입었습니다."

"혈탑의 소행인가?"

"적들이 통상적인 마법을 구사하여 배후를 짐작할 수 없었습니다."

"알았다."

팍!

우르자는 뒤돌아섰다.

그녀는 냉엄한 눈빛을 숨기지 않은 채 민재에게 다가왔다.

"죄송합니다, 은인이시여. 긴히 계곡으로 가 보아야 할 것 같습니다."

"급한 일인가 보군요. 가세요."

민재는 흔쾌히 말했다.

우르자가 영토에서 사라지더라도 민재와 동료들은 그녀의 시설을 이용해 스킬을 재조정할 수 있었다.

"도움이 필요하다면 돕겠습니다."

"은인의 손길을 거부하는 바는 아니나, 저와 부족 스스로 해결할 수 있는 문제입니다. 그럼."

우르자는 허리를 숙여 인사를 하더니 부하와 함께 사라져 버렸다.

우르자의 하인인 메리우가 앞으로 나섰다.

"저를 따라오세요, 이쪽으로."

민재와 동료들은 그녀를 따라 마법사의 탑 안으로 들어섰다.

영토의 주인이라면 메뉴창을 이용해 어디서든 스킬을 조율할 수 있었지만, 주인이 아닌 자가 스킬을 조율하기 위해서는 시설 안으로 들어서야 했다.

탑 안은 쾌적했다.

벽을 따라 꽈배기처럼 나 있는 계단, 그 아래에 있는 홀은 넓었다. 중앙엔 기이한 모습의 제단이 있었는데, 제단 위에는 두꺼운 책 한 권과 보라색 구슬이 놓여 있었다.

민재는 익숙한 자세로 다가가 구슬을 손에 잡았다.

화아악!

[스킬을 조율하시겠습니까?]

'수락.'

촤라락!

구슬에서 기이한 빛이 뿜어지더니 허공에 홀로그램을 만들어 냈다. 그것엔 민재가 보유한 스킬 리스트와 스킬을 조율할 수 있는 네모난 창이 있었다.

민재는 그곳에 포영 스킬을 등록했다.

그러자 스킬에 대한 상세한 수치가 나타났고, 그것을 세부적으로 조정할 수 있게 되었다.

포영은 대포를 쏘듯 빠르게 이동이 가능한 스킬. 직접적인 전투 능력은 없었으나 공중을 날 수도 있는 스킬이라 현실에서 쓰임이 많을 것 같았다.

민재는 포영 스킬의 이동 거리와 이동 속도를 향상시켰다.
그 여파로 스킬을 사용할 때 소모되는 마나가 두 배 이상 늘어
나 버렸다.

이번에 영토가 발전하며 마나가 생긴 민재였다.

포인트를 다른 곳에 투자하는 민재였기에 마나 보유량이 많
지 않았다. 따라서 포영 스킬을 여러 번 사용하는 것은 불가능
할 것이다.

그래서 민재는 스킬을 다시 재조정했다. 스킬을 사용할 때
마나를 소모하는 대신, 체력을 소모하도록 바꾼 것이다.

'체력 보충은 여러 가지로 할 수 있으니까.'

이미 민재는 전장에서 많은 경험을 했다.

체력을 회복시킬 방안은 여러 가지가 있었기에, 체력을 소모
하는 방식으로 변경하면 포영 스킬을 활용할 방법은 더욱 많아
질 수밖에 없었다.

민재는 다른 스킬도 재조정했다.

전장을 위해서가 아닌, 현실에서 사용하기 좋게끔 스킬을 변
경했다.

"다른 분들도 조정을 하세요."

스킬 조정을 마친 민재는 동료들에게 자리를 양보해 줬다.

"제가 먼저 할게요!"

여우가 나섰다.

그녀를 필두로 동료들은 한 명씩 스킬을 조정했다.

우르자는 돌아오지 않았다.

"돌아가야겠군요."

"그러는 게 좋겠소."

민재는 동료들과 인사를 나누곤 영토로 귀환했다.

❖　　❖　　❖

민재는 학교에서 원룸으로 돌아왔다.

이제 여름방학.

기말고사가 끝났으니 지금부터 두 달 동안은 자유의 몸이었다.

전장에서의 승리를 위해 등교 시간까지 아껴 왔던 민재였다.

그동안 학교에서 보내는 시간이 참으로 아까웠었는데, 이제는 시간이 남게 되었다.

'드디어 해외로 나가 볼 수 있겠어.'

민재에겐 휴식이 필요했다.

전장에서 목숨을 걸고 싸우다 보니 여유가 필요했다.

아직 대학생에 불과한 민재였다. 지금까지 가 보지 못했던 신세계로 여행을 다니며 더 많은 것을 보고 느끼고 싶었다.

예전이라면 돈 걱정에 엄두도 내지 못했을 것이다. 그러나 이제는 금전적으로도 어느 정도 여유를 부릴 수 있게 되었다.

게다가 전장 시스템을 이용한다면 부담은 더욱 경감된다. 영토를 이용하면 지구 어디로든 텔레포트가 가능한 것이다.

한 번 가 본 장소라면 1초 만에 지구 끝까지 이동할 수 있으니, 시간이 날 때 될 수 있는 한 많은 곳을 방문해 보고 싶었다. 나중에 회사를 세우게 될 때도 큰 도움이 될 것이다.

물론 일주일 내내 여행만 다닐 생각은 없었다.

민재의 전장은 아직 끝나지 않았다.

연이은 대전 게임으로 많은 마테리아를 벌어들였고 랭크도 상승하게 되었지만, 아직도 민재는 정상의 자리에 오르지 못했다.

민재보다 강한 자가 다른 차원 어딘가에 반드시 존재할 것이다.

언젠가는 그러한 자들과 전투를 벌이게 될 터. 그때는 고전할 것이다. 어쩌면 목숨을 잃을 수도, 어쩌면 그보다 더한 시련을 겪게 될지도 몰랐다.

그러니 여행은 잠시만, 그저 마음을 환기시킨다는 생각으로 할 뿐이었다. 나머지 시간엔 다음 전장을 준비해야 하는 것이다.

'일단 아프리카가 좋겠군.'

인간의 발길이 닿지 않은 거친 야생의 땅. 사나운 육식 짐승이 벌판을 달리는 곳으로 가 보고 싶었다.

스윽.

비행기 예약을 하기 위해 민재는 전화기를 들었다.

탁!

민재는 카이로 공항에 발을 디뎠다.

쨍쨍한 햇볕에서 풍기는 뜨거움. 적도에 가까운 이집트의 수
도답게 후끈한 공기부터 남달랐다.

'아프리카라…….'

민재는 감개무량했다.

이렇게까지 멀리 떨어진 곳으로 와 본 적은 처음이었다.

비행기를 두 번이나 갈아탈 정도로 멀리 떨어진 땅이라니.

민재는 공항을 빠져나와 걷기 시작했다.

사방은 외국인 천지였다.

영어조차 제대로 할 줄 모르는 민재였지만, 전장의 통역 시
스템으로 인해 그들이 하는 말은 한국어처럼 들려왔다.

그래서 외국임에도 불구하고 민재는 여행에 어려움을 느끼지
못했다.

하지만…….

'덥군.'

뜨거운 기후만은 적응되지 않았다.

'물이나 한잔 마시고 도시 구경을 해야겠다.'

민재는 으슥한 골목으로 발길을 돌렸다.

그러곤 슈르륵.

세상이 찌그러 드는 느낌과 함께, 민재는 자신의 영토로 이
동을 했다.

"여행은 즐거우셨습니까?"

마당에 서 있던 프롬이 인사를 해 왔다.

"아직이야. 이제 비행기에서 내렸을 뿐이니까."

민재는 바로 원룸으로 이동을 했다. 그리곤 냉장고에서 차가운 생수를 꺼내 마셨다.

꿀꺽꿀꺽.

목 넘김마다 느껴지는 시원함. 달아올랐던 몸이 단번에 시원하게 식었다.

그리곤 민재는 침대 위에 털썩 앉았다. 단단하지만 부드러운 침대의 감촉이 느껴졌다. 이미 민재에겐 익숙한 느낌.

분명 조금 전까지는 해외에 있었는데.

"멋지군."

순식간에 지구 반 바퀴를 이동해 버리다니. 역시 신이 만든 시스템이었다. 머릿속으로는 알고 있었지만, 실제로 경험을 해 보니 와 닿는 게 달랐다.

민재는 카이로로 돌아가 이틀간의 사막 투어를 했다.

그리곤 영토로 되돌아왔다.

집무실 의자에 앉아 있으니, 이제야 굳었던 전의가 살아나기 시작했다.

'이제 준비를 해야겠군.'

본래의 모습으로 되돌아온 기분이었다.

다음 전장은 일반 게임.

팍살라를 처음 만났던 화산 필드를 돌이켜 보면, 이번 전장 역시 엄청난 위험이 도사리고 있을 것이다.

대비하지 못한다면 살아 돌아오지 못하는 자가 생길 수도 있는 노릇.

그것을 막기 위해서라도 대비를 해 나가야 했다.

민재는 메뉴창부터 열었다.

촤라락!

반투명한 홀로그램 메뉴창이 펼쳐지며 각종 메뉴가 생겨났다.

민재는 화면을 확인했다.

전공은 7킬 0데스 11어시스트.

획득한 골드는 총 1만 2천. 게임 시간은 1시간 42분이었다.

[게임성적 대전승리(목숨을 제외한 모든 것을 걸고).]

[획득 마테리아 +36224]

'많군.'

역시나, 대전에서 이겼기 때문인지 승리의 보상 역시 막대했다.

민재는 영토 메뉴를 클릭했다.

[축하합니다. 영토가 11레벨로 성장합니다.]

[영토 11레벨은 용병길드를 추가로 제공합니다.]

[용병길드는 어디서든 프리 미니언 등록을 할 수 있는 기능을 제공합니다. 추가적으로 프리 미니언 슬롯이 10개 늘어납니다.]

[용병길드가 메뉴창과 연동됩니다.]

랭크의 상승은 없었다.

하지만.

그그그극!

대지가 비명을 지르듯 떨리며 영토의 확장이 시작되었다. 점차 넓어지던 영토는 어느새 확장을 멈추었다.

이제 영토의 크기는 여의도와 비교할 정도가 아니었다. 면적이 족히 서울만큼이나 광활하게 변한 것이다.

이제는 땅 부자를 떠나 갑부에 비유될 정도.

눈을 들어 지평선을 봐야 할 정도로 크기가 커져 버렸다.

이렇게나 넓어져 버린 영토를 돌아보고 싶은 생각도 들었으나, 민재는 다른 것이 더 궁금해졌다.

'용병길드라니.'

민재는 그것이 무엇인지 살펴보았다.

목장의 상위 시설인 조련장. 용병길드는 조련장의 상위 시설이었다. 3단계의 시설인 것이다.

'어디서든 등록이 가능하다라.'

무슨 뜻인지 짐작할 수 없었다.

"프롬, 무슨 뜻이지?"

"주인님께서 어디에 있든 메뉴창을 이용해 프리 미니언 등록하실 수 있는 기능입니다. 예를 들면 이곳 영토에서 지구인을 프리 미니언으로 등록하실 수 있는 것이죠."

"뭐? 지구인을?"

민재는 깜짝 놀라 물었다.

"네, 주인님께서 한 번이라도 만나 본 적이 있는 사람이나

동물 등 지성이 있는 존재를 프리 미니언으로 등록하실 수 있는
것이죠. 물론 대상자의 동의를 거쳐야겠지만요."

프롬이 방긋 웃었다.

"물론 이것은 보통의 조련장에서도 가능한 시스템입니다."

"그럴 수가⋯⋯."

지금까지 민재는 영토에서 태어난 동물들만 프리 미니언으로
등록할 수 있는 줄 알았고 그렇게 이용을 해 왔다. 하지만 그
외에 다른 방법이 있었다니.

게다가 지구인을 말이다.

하지만 체게게의 경우를 돌이켜 보면 유사한 사례가 있었다.

국왕은 체게게의 원수나 마찬가지인 마크롤을 프리 미니언으
로 삼았다. 지금까지는 국왕이 마크롤의 영혼을 얻어 프리 미니
언으로 등록을 한 줄 알았지만, 놈이 용병길드를 이용했을 수도
있다는 생각이 들었다.

지난 전장의 돼크 역시 마찬가지.

놈이 거느린 프리 미니언들은 모두 돼크 부족의 전사들이 틀
림없었다.

그것까지는 이해가 갔지만.

"프롬, 지구인을 프리 미니언으로 등록하게 되면, 특수한 능
력을 얻을 수 있어?"

민재는 그것이 궁금했다.

"물론이죠."

프롬이 고개를 끄덕였다.

"곰일과 곰이처럼, 주인님의 프리 미니언이 된 존재는 전장 시스템에 의해 더욱 강력해집니다. 대상자의 특성에 따라 체력이나 공격력 등이 향상될 수 있어요. 게다가 조련장의 프리 미니언 강화 메뉴를 이용한다면, 지구인이 스킬을 사용할 수도 있게 되겠죠."

"흐음."

민재는 인상을 썼다.

지금까지 민재는 지구 전체를 통틀어 가장 특별한 존재라고 생각해 왔다. 차원의 전장으로 소환된다는 것 자체가 특별했지만, 그 과정에서 얻은 부산물은 민재를 더욱 특별하게 만들었다.

하지만 이번 용병길드 시스템을 이용한다면 특별한 지구인이 더욱 늘어나게 될 터였다.

물론 그들이 프리 미니언이 되는 순간 민재의 하인이나 마찬가지인 존재가 될 것이라 민재의 특별함은 더욱 강해지겠지만.

그러나.

민재는 그 외의 가능성을 떠올렸다.

바로 또 다른 유저의 존재.

체계계와 비누엘의 예를 보면, 차원 하나에 유저가 다수 존재할 가능성이 있었다.

지구 역시 마찬가지일 수도 있을 터.

만약 지구에 또 다른 유저가 있다면?

민재는 더 이상 유일무이한 존재가 아니었다.

그가 민재보다 약한 존재하면 큰 상관이 없겠으나, 민재를 압도할 정도로 강하다면 문제가 생긴다.

민재를 적대시하고 공격해 올 수도 있는 것이다.

그렇게 따진다면, 지금까지 지구에서 조용하게 지내 온 점이 다행일지도 몰랐다. 만약 민재가 전장 시스템의 힘을 마구 사용하고 다녔다면 또 다른 유저에게 발각되어 위협을 당했을 수도 있는 일이니까.

'미리 대비를 해야 할까?'

하지만 민재는 고개를 저었다.

아직 지구에 다른 유저가 있는지 확신할 수 없었다.

만약 유저가 있다면 뭔가 변화라도 있을 법한데, 그런 일은 일어나지 않았으니 말이다.

게다가 유저를 찾는답시고 프리 미니언을 이용해 정찰을 보냈다간, 오히려 그에게 발각을 당할 수도 있었다.

그러니 지금은 자중을 할 때.

정말로 지구에 유저가 더 있다면, 언젠가는 알 수 있는 날이 올 것이다.

그때를 대비해 민재가 할 수 있는 일은 단 하나.

전장에서 이기고 이겨, 더욱 강해지는 일이었다.

그러기 위해서는 다음 전장부터 철저히 준비를 해야 할 터.

민재는 동료들에게 초대장을 보냈다.

동료들은 곧 소환되었다.

스르륵.

가장 처음은 미냐세가, 마지막엔 우르자가 소환되었다.

민재는 우르자에게 말을 걸었다.

"어떻게 되었죠?"

"큰일은 없었습니다."

우르자는 있었던 일을 말하기 시작했다.

그녀는 부하들을 이끌고 사고가 났던 장소로 정찰을 갔다. 하지만 적을 발견하지도, 교전이 일어난 적도 없었다고 했다.

"단순히 떠돌이 고수와의 교전일 수도 있으니, 염려치 마십시오."

우르자가 말했다.

"알겠습니다, 하지만 혹시 모르니 프리 미니언을 등록해 정찰을 보내는 것이 좋을 것 같군요."

"은인께서 명하신다면야."

우르자는 즉시 자신의 영토로 되돌아갔다.

그녀가 사는 세계는 마계. 프리 미니언으로 등록할 마물은 얼마든지 있었다.

"프리 미니언에 대해 드릴 말이 있습니다."

민재는 새롭게 얻은 정보를 동료들에게 말해 주었다. 그러자 그들 역시 놀라워했다.

"그럼 엘프들도 프리 미니언으로 등록이 가능하다는 뜻이오?"

"네."

"그런……."

"다른 분들도 프리 미니언 등록을 시작하죠."

지난 전장의 승리로 모두가 많은 마테리아를 벌어들였다. 그것으로 아군의 전력을 증가시킬 셈이었다.

스킬을 제외한다면, 일반 게임에서의 강함을 위해 필요한 요소는 아이템과 룬, 프리 미니언이었다.

아이템은 이미 어느 정도 갖추었다. 룬은 민재가 공급할 것이니, 동료들은 프리 미니언을 만들면 되는 것이다.

"그럼 귀환하겠소."

동료들은 각자 자신의 영토로 되돌아갔다.

그리곤 잠시 후, 모두가 다시 모였다.

그들은 모두가 프리 미니언을 대동한 채였다.

지난 전장의 화산 폭발을 염두에 둔다면, 수를 불리기보다는 소수 정예를 꾸리는 것이 도움이 되리라 판단한 것이다.

미냐세는 마테리아를 곰 세 마리에게 모두 투자했다. 덕분에 곰들의 기본 능력이 더욱 강해진 것은 물론이고, 스킬마저 사용할 수 있게 되었다.

우르자 역시 마계의 괴수 셋을 데리고 왔다. 거미를 닮은 괴수들은 외양부터 상당히 강력해 보였다.

체게게는 미냐세에게서 곰을 빌려 프리 미니언으로 삼았다.

그녀는 대전 게임에서 한 번 이탈한 적이 있기에 다른 동료들보다 마테리아가 부족했다. 때문에 그녀가 거느린 프리 미니언은 한 마리에 불과했다.

고블린은 자신이 만든 호문클루스 하나를 프리 미니언으로 삼았다.

곳곳에 녹이 슬긴 했지만, 거대한 몸에 투박한 강철판이 덕지덕지 붙어 있는 모습이라 위압감이 강했다.

샤나는 정령에게 먹일 최고급 아이템을 준비했고, 동물들은 동료들에게 아이템을 공급했다.

여기까지는 이상이 없었지만.

"안녕하세요."

엘프 여인이 쑥스러운 얼굴로 인사를 해 왔다.

비누엘의 딸인 릴리엘이었다.

"어떻게……."

"막을 수 없었소."

비누엘이 음울하게 말했다. 하지만 곁에 선 릴리엘의 표정은 무척이나 밝았다.

"제가 아빠를 보호할 거예요."

상태창을 보니, 릴리엘은 프리 미니언으로 등록되어 있었다. 시스템적으로 비누엘의 하인이 된 것이다.

민재는 의아함을 느꼈다.

비누엘은 딸을 무척이나 아끼는 듯 보였다. 그런데 그녀를 전장으로 데리고 가려 하다니.

"비누엘! 다음 전장은 일반 게임이다!"

체계계가 못마땅한 듯 소리쳤다.

"나도 알고 있소……."

"위험한 곳이라면 더욱 가야죠."

릴리엘이 생긋 웃었다.

[위험하다고 말하였기에 더욱 말릴 수 없었소.]

비누엘의 메시지였다.

그녀는 어머니의 임종을 보지 못했다. 그것이 한이 된 그녀. 아버지의 곁을 지키겠다는 딸을 이길 수는 없었던 것이다.

[그래도 헤링엘이 있으니 마음은 놓이오.]

릴리엘의 뒤에는 근육질의 엘프가 서 있었다. 그는 민재를 호감 어린 눈빛으로 보더니 한쪽 무릎을 꿇었다.

"숲의 은인이여, 이 몸이 가루가 될 때까지 부려 주소서."

[새로운 경지에 이른 그는 엘프 최고의 전사이오.]

민재는 헤링엘의 상태창을 살폈다.

공격력 등 모든 수치가 우수했다. 비누엘이 그에게 상당한 투자를 했을 것이니 스킬 또한 강력하리라.

"좋습니다, 저는 룬을 준비하죠."

민재는 벌어들인 모든 마테리아를 이용해 최상급의 룬을 생산했다.

"받으세요, 8장씩입니다."

"갚겠다."

체계게가 전의를 다지며 룬을 받아 들었다.

이제 동료들은 최상급의 룬을 11장씩 가지게 되었다. 30장을 가진 민재만큼은 아니지만, 이 정도면 지난 일반 게임과 비교해 엄청나게 강력해진 것이다.

"민재는?"

미냐세가 물었다.

프리 미니언을 말하는 것이리라.

"나는 둘이면 돼."

팍살라는 그 자체로 강력하다.

특별히 강화를 하지 않아도 될 정도라, 유지비를 제외하면 그에게 더 투자할 필요는 없었다.

사령술사는 궁극기 하나만 보고 데리고 가는 것이기에 큰 기대를 하지 않았다. 그저 죽지만 않고 버티다 사령술을 이용해 적의 시체만 살리면 족하다 판단한 것이다.

"이제 병진 연습을 시작하죠."

"병진?"

미냐세가 고개를 갸웃거렸다. 지금까지 해 왔던 훈련과는 달라서였다.

"인원이 많아져서 훈련 방법이 달라져야 해."

이미 아군의 수는 불어났다.

유저만 10명. 프리 미니언 역시 10마리였다.

규모가 커졌기에 집단전을 하는 방법도 달라져야 하는 것이다.

민재는 동료들을 데리고 수련장으로 향했다.

영토가 성장하며 수련장의 모습 역시 변해 있었다. 기이한 문양이 그려진 바닥은 단단하기 그지없었고, 그 위에 도열해 있는 병사들 역시 과거와는 모습이 판이했다.

"기사단이라니……."

체게게가 혼이 나간 듯한 눈초리로 병사들을 훑었다.

그녀의 말대로, 허수아비에 불과했었던 수련장의 병사들은 이제 기사단의 모습을 갖추고 있었다.

그것도 그녀의 세상에서 흔히 볼 수 있는 모습이 아니라 더욱 강력하고 품격 있는 모습으로 변모한 것이다.

하얀 바탕에 붉은 문양이 새겨진 갑옷. 방패와 무기마저 예술품 같았다.

"시작하죠."

처척!

병사들이 즉시 진형을 갖추었다.

단단히 뭉쳐 있기에, 그들의 방어는 철벽처럼 보일 정도였다.

"해볼 만하겠군."

엘프 스킨을 하고 있는 체게게. 그녀는 레이피어와 핸드백을 들어 올리더니 바로 돌격을 시작했다.

그것을 시작으로 민재가 주도하는 병진 연습이 시작되었다.

"오늘이군."

비누엘이 굳은 얼굴로 말했다.

전장으로 소환되는 시간이 온 것이다.

다른 동료들도 표정이 긴장이 서려 있었다. 일반 게임의 처절함을 느껴 보았기 때문이리라.

하지만 이번은 전과는 다를 것이다.

모두가 각기 흩어져 전투를 치렀던 지난번과는 달리, 이제는 민재를 중심으로 똘똘 뭉쳐 게임에 참여할 수 있게 된 것이다.

"준비하세요."

민재가 나지막하게 말했다.

이제 곧 12시, 전장으로 소환될 시간이었다.

"혹시 모르니, 이동하자마자 신전으로 달리겠습니다."

지난번처럼 시작하자마자 아군이 죽어 나가는 것은 싫은 민재였다.

"알겠소."

"그럼. 전장에서 만나죠."

모두가 무기를 거머쥐는 그때.

딱!

시계가 12시를 가리켰다.

CHAPTER 26
심해

촤아앗!

시야의 비틀림이 본래의 모습을 되찾자, 새로운 풍경이 눈에 들어왔다.

온통 시커멓고 시퍼런 세상.

하지만 그것보다 민재를 더욱 당혹하게 하는 것은 다른 것이었다.

꾸르륵!

'뭐앗!'

민재는 급히 숨을 멈추었다.

황당하게도, 이동한 장소가 물속이었기 때문이었다.

사방은 물론이고 머리 위마저 물. 온통 물 천지였다.

당황하는 바람에 입안으로 살짝 들어온 것조차 물. 비릿하게 느껴질 정도의 짠맛이 선명하게 입과 코를 점령해 버렸다.

"아르륵!"

미냐세가 비명을 지르다 말고 두 손으로 입을 닫았다.

표정은 끔찍함을 넘어 두려움이 가득할 정도였다.

꼬리는 경직되어 바짝 섰고 두 귀는 전기를 맞은 듯 떨렸다.

그러더니 곧 비명을 지르듯 사지를 움직였다.

바다조차 구경해 보지 못한 그녀에게 있어, 이토록 많은 물은 공포 그 자체이리라.

"미냐, 읍!"

민재는 소리치며 손을 뻗었다.

하지만 물속이라 입에서 튀어나온 말은 삼켜질 수밖에 없었다.

더 소리를 지르려 했다간 물이 입안을 넘어 폐까지 점령해 버릴 터였다.

꽈르르륵!

사지를 흔드는 미냐세.

탁!

민재는 양손으로 그녀의 얼굴을 잡고 눈을 마주쳤다.

정신 차려!

그 뜻을 알아들은 것인지, 미냐세의 발작이 멎었다.

하지만 두 눈은 여전히 공포에 질려 있었다.

민재는 급히 다른 동료들도 살폈다.

'젠장!'

그들 역시 당황하고 있었다.

비누엘과 체게게, 우르자는 놀란 듯 보였지만, 금세 진정하였다.

하지만 동물들과 고블린, 프리 미니언들은 미냐세처럼 패닉에 빠져 있었다.

온몸을 요동치며 물 밖으로 나가려 했지만, 이곳은 세상천지가 물인 세상.

결코 물 밖으로 나갈 수 없는 깊은 곳이었다.

스윽!

민재는 손가락으로 옆을 가리켰다.

그러자 비누엘과 체게게, 우르자가 재빨리 나머지 동료들을 수습했다.

프리 미니언들은 팍살라가 수습했다.

[이딴 곳이라니!]

그는 날개를 접어 프리 미니언들을 감쌌다.

'샤나는?'

민재는 사방을 두리번거렸다. 하지만 그녀는 보이지 않았다.

[위에!]

민재는 급히 고개를 올렸다.

그러자 고양이 스킨을 착용한 샤나가 그곳에 보였다.

4개의 다리와 꼬리를 위로 향한 채 버둥거리며 물속에 둥둥 떠 있었다.

'샤나!'

민재는 점프하듯 위로 솟아 샤나를 잡았다. 그러자 그녀가 기겁한 표정으로 민재의 팔을 잡았다.

그 순간.

콰르르르르!

어디선가 소음이 들려왔다.

심연 깊은 곳에서 들려오는 괴수의 울음소리처럼, 낮지만 거대한 울림.

그것은 민재를 감싸고 있는 물 전체를 덜덜 떨게 할 정도로 박력이 있었다.

그것은 점점, 더 빠르게 커졌다.

'설마?'

민재는 불안한 표정으로 앞을 바라보았다.

이곳은 물속 깊은 곳. 사방이 워낙 어두워 앞이 잘 보이지 않았다.

미니맵을 살피자, 소음의 정체가 드러났다.

'제기랄!'

해류였다.

그것도 맵 전체를 휘저을 정도로 거대한.

[내 밑으로 와라!]

팍살라가 소리치더니 한쪽 발을 높이 들었다.

그리곤 바닥에 깔린 바위를 향해 내리꽂았다.

쿠웅!

버터를 찌르는 손가락처럼, 거대한 붉은 기둥이 바위를 으깨고 틀어박혔다. 그리곤 몸을 웅크렸다.

민재와 동료들은 서둘러 팍살라의 곁으로 이동했다.

그러자.

콰아아아아아!

물의 떨림이 점차 거세지더니 곧 거대한 압력이 일행을 덮쳤다.

쿠그그그그!

'으으윽!'

거센 물살!

사지가 통째로 뜯겨 나가는 게 아닌가 싶을 정도로 압력이 엄청났다.

민재는 팍살라의 비늘을 잡고 필사적으로 버텼다.

쿠우우우우우!

눈도 제대로 뜰 수 없었다.

하지만 눈을 감고 있는데도 메뉴창은 보였다.

민재는 즉시 미니맵을 살폈다.

'이곳은…….'

심해였다.

아주 깊은 바닷속. 너무나도 깊어 태양의 빛조차 제대로 닿지 않는 곳.

바닥은 온통 갈색의 바위. 표면은 거칠었지만 발을 딛을 정도는 되었다.

그런 바위 위에 맵이 꾸려져 있었다.

넥서스는 거대한 봉우리였다.

최상부가 깊게 파여 있고, 그곳에 붉은빛이 일렁거렸다. 수증기를 뿜어낼 정도로 온도가 높은 그 액체는 분명 마그마이리라.

다른 건물들은 넥서스의 축소판이었다.

억제기도 포탑도, 모두가 바닥에서 솟은 심해 화산이었다.

모두가 시뻘건 마그마를 품은 채 끓는 물을 위로 쏘아 내고 있었다.

본진 밖의 필드는 거친 대지.

심해라는 점에서는 차이가 없었으나, 바위 표면이 달랐다.

진격로로 보이는 곳을 제외하면 온천지가 산과 계곡처럼 울퉁불퉁한 것이다.

이 굴곡은 미니맵으로 보기에 그렇게 느껴지는 것일 뿐.

실제 계곡과 산의 높이차는 수십 층의 빌딩 높이를 상회하리라.

실로 엄청난 크기.

일반 게임의 전장 규모가 크다는 것은 알고 있었지만, 이는 저번보다 족히 수배는 더 클 정도로 거대했다.

그러한 전장에는 민재 일행만 있는 것이 아니었다.

아군들.

수를 헤아리기 어려울 정도로 많은 인파가 본진에 보였다.

그들 역시 거센 물살을 맞고 있었다.

일부는 팍살라처럼 바닥에 무기나 신체의 일부를 꽂은 채 버뗬고, 일부는 죽기 살기로 헤엄치고 있었다.

하지만 대다수는 태풍 속의 가랑잎처럼, 힘없이 쓸려 나갈 뿐이었다.

파아아아아아!

쓰레기처럼 뒤로 밀려가던 그들은 본진을 지나쳐 미니맵의 가장자리까지 쓸려 나갔다.

그곳엔 반투명한 벽이 있었다.

필드 전체를 차단하는 것이 분명한 벽.

쓸려 나간 자들은 곧이어 그곳에 부딪혔다.

[처형되었습니다.]

[처형되었습니다.]

[처형되었습니다.]

시스템 음성이 미친 듯 울렸다.

이것이 뜻하는 바는 단 한 가지.

'죽었구나!'

민재는 직감했다.

맵의 가장자리까지 쓸려 간 이들은 죽어 버린다. 여기엔 약간의 자비도 없었다.

일반 게임이라는 전장 자체가 유저를 죽이기 위해 만들어진 것이니만큼, 지형은 다수의 유저를 학살하기 위해 최적화된 공격을 하고 있었다.

'제기랄!'

민재는 욕이라도 퍼붓고 싶었다.

제대로 움직일 수도 없는 이딴 곳에서 어떻게 전투를 벌이란 것인지.

하다못해 숨이라도 쉴 수 있어야 할 게 아닌가.

하지만 기이하게도 숨은 차오르지 않았다.

'설마, 숨을 쉬지 않아도 되는 건가?'

이곳은 전장. 호흡은 생존에 필수적인 요소가 아닌 모양이었다.

그것을 깨달은 것인지, 동료들의 안색이 처음보다는 편안해졌다.

그제야 물살이 서서히 진정되기 시작했다.

몇 초가 더 지나자, 거센 해류는 씻은 듯 잠잠해졌다.

그때였다.

"이민재!"

'비누엘?'

민재는 비누엘에게 고개를 돌렸다.

그러자 그는 깜짝 놀란 얼굴로 민재를 바라보고 있었다.

"내 말이 들리는 것이오?"

비누엘의 목소리였다.

하지만 그는 입을 다물고 있었다. 그런데 어떻게 목소리가 들린단 말인지.

'설마 생각으로?'

민재는 즉시 생각으로 말을 걸어 보았다.

"들립니까?"

"역시 되는군! 잘 들리오."

"생각으로 말이 통하다니……."

"이곳이 특수한 전장이라 그런가 보오."

민재는 비누엘의 말을 알아들을 수 있었다.

지금까지 겪어 왔던 전장에선 물속에 살법한 자들도 여럿 보았다. 그들은 소리를 내는 기관이 없는데도 불구하고 말을 할수 있었다.

바로 통역 시스템 때문.

다소 황당함이 느껴지는 찰나, 체게게의 음성이 들려왔다.

"생각으로 말이 통하고 숨을 쉬지 않아도 되는 세계라니."

"이동도 같은 식으로 가능할 거야."

민재는 상상을 시작했다.

다리는 움직이지 않은 채, 걷지 않고 미끄러져 간다는 식으로 생각을 하자.

슈아악!

'윽!'

빨려 나가듯 민재의 몸이 앞으로 전진해 버렸다.

"어떻게?"

여우가 소리쳤다.

민재의 몸이 하늘을 날듯 물속을 미끄러져 가니 놀란 것이다.

"생각으로 이동이 가능하군요."

민재는 어이없지만, 한편으론 신기해하며 말했다.

하지만 이곳은 전장.

수다를 떨며 보낼 시간은 없었다.

"바로 이동을 하겠습니다."

"네."

"채팅은 팀 채팅으로."

민재는 동료들에게 이동법을 가르치며 본진을 빠져나가기 시작했다.

동료들은 처음엔 제대로 이동을 하지 못했다.

걸음마를 시작한 이래, 지금처럼 이동한 적이 없었기 때문이었다.

하지만 그들은 곧잘 적응했다.

다만 미냐세와 샤나가 문제였다.

꽈악!

둘은 질린 눈으로 민재를 꽉 잡고 있었다.

샤나는 민재의 어깨를, 미냐세는 옆구리에.

둘 다 공포에 물들어 제대로 이동하지 못했다.

"진정해."

민재는 둘을 달래 가며 앞으로 나아갔다.

[심해라니.]

팍살라가 꼬리를 떨어 댔다.

표정은 소태 씹은 듯 더러웠다.

그는 화룡. 물과는 상극이어서일까? 사방에 차 있는 물 자체가 마음에 들지 않는 것 같았다.

심정이야 이해가 갔지만, 민재는 다른 것이 걱정되었다.

"팍살라, 전투력은 어때?"

[스킬을 사용할 수 없다.]

팍살라가 씹어뱉듯 말했다.

"브레스도 쓸 수 없어?"

[그렇다, 비행마저도 불가능하군.]

강력한 힘을 가진 팍살라였다.

전장에서 그만큼 든든한 존재도 없었는데, 그의 주무기 중 두 가지가 봉인당한 것이나 다름없게 되다니.

'제길, 이번 전장은 공평하지 않잖아!'

민재는 기분이 좋지 않았다.

전장이 어떤 곳이든, 유저나 프리 미니언은 온전한 힘을 발휘해야 했다.

하지만 전장에 따라 힘이 제한되거나 가산된다면, 이는 공평하지 않은 방식이었다.

하지만 이미 와 버린 전장.

어떻게든 타개해 나가야 했다.

그런 생각을 하며 민재는 전진해 나갔다.

그러며 메뉴창을 살폈다.

'반이 죽었군.'

챔피언 리스트를 보니, 아군의 절반이 회색으로 물들어 있었다.

아까 있었던 해류에 밀려 죽은 것이다.

하지만 살아남은 자들의 수 역시 만만치 않았다.

족히 250명은 될 듯한 수. 죽은 자를 합하면 500은 되는 것이다.

적의 수 역시 마찬가지일 것이니.

'양측을 합치면 천 명.'

실로 엄청난 수였다. 이 많은 인원을 하나의 맵에 쑤셔 놓고 경쟁을 하라는 것인가?

'아니야.'

민재는 고개를 저었다.

일반 게임은 결코 유저에게 호의적이지 않다.

이렇게나 많은 수를 한 맵에 쑤셔 넣었다는 뜻은.

'살아 돌아갈 수 있는 확률이 그만큼 낮기 때문이겠지.'

어떤 위험이 도사리고 있을지 감이 잡히지 않았다. 하지만 그 위험이 어떤 것이든, 민재는 살아남아야 했다.

그것을 위해서는 늘 하던 것을 할 뿐.

'강해져야 해.'

위험이 엄습하더라도 파훼하면 그뿐. 고난이 들이닥치면 넘어서면 그만이었다.

"인베이드(Invade)를 가겠습니다."

"좋소."

민재는 동료들과 함께 정글로 향하기 시작했다.

미니언이 출몰하기 전, 적진으로 나아가 기습을 할 계획인 것이다.

어떤 위험이 있을지 모르는 미지의 맵, 자칫 적을 만나기도 전에 죽어 버릴 수도 있었다.

하지만 생존 확률을 조금이라도 높이기 위해서는 어쩔 수 없었다. 어떻게든 남보다 빨리, 더 많은 골드와 경험치를 확보해야 하는 것이다.

하지만 상황은 민재의 생각대로 돌아가지 않았다.

"멈추세요!"

뒤에서 접근하던 아군이 소리쳤다.

그들이 누구인지, 굳이 뒤를 돌아보지 않아도 알 수 있었다.

민재는 아까부터 미니맵을 주시했다. 그렇기에 그들이 어떤 존재인지 파악하고 있는 것이다.

민재는 그들을 무시하고 앞으로 나아갔다. 하지만 그들은 가만히 있지 않았다.

"멈추라는 말이 들리지 않는 건가요?"

호통에 가까운 소리침이었다.

적대적인 감정이 여과 없이 섞인 목소리라 돌아설 수밖에 없었다. 돌아서지 않았다간 아군에게 공격당할 수도 있는 것이다.

"무슨 일입니까?"

민재는 대화를 짧게 끝내려 했다.

지금은 적진으로 인베이드를 가는 도중. 조금이라도 빨리 나아가 유리한 고지를 점령하는 것이 승리의 비결이었다.

그런데 한가하게 대화나 나누어야 하다니.

"시간이 없으니 간단히 말하겠어요."

붉은 머리카락의 여성이 앞으로 나서며 말했다.

겉모습만 보아도 상당히 강했다. 상태창을 살펴보니 더욱 확실했다.

적어도 민재와 동급.

민재는 챌린저 3티어. 상당히 높은 경지인 민재와 엇비슷할 정도로 그녀는 강했다.

물론 그녀 한 사람뿐이었다면 민재가 걸음을 멈추는 일은 없었을 것이다.

하지만 그녀의 뒤를 따르는 이들이 문제였다.

족히 30명은 될 듯한 대인원.

유저와 프리 미니언이 섞인 그들 30명은 날카로운 눈초리로 아군을 훑었다.

여차하면 공격할 기세라 민재도 긴장이 되었다.

그런 민재에게 여성이 말했다.

"우리의 지휘를 따르세요."

"네?"

밑도 끝도 없이 갑자기 무슨 말인가?

하지만 여성은 검부터 뽑아 들었다.

창!

"거부하면 적대하겠습니다."

"잠깐!"

민재는 손바닥을 폈다.

"설명부터 해 주는 게 어떻습니까?"

"우리는 신살대, 신을 죽이기 위해 뭉친 전사들의 집단입니다."

'신살대?'

민재는 말을 아꼈다.

신을 죽이다니, 그 신이 누구를 뜻하는지는 너무나도 명확했다.

바로 이 전장을 만든 존재인 페그노르.

저들은 그를 죽인다는 명분으로 뭉친 자들이 분명했다.

거기까지는 이해를 했지만.

"지휘에 따르다니, 그게 무슨 뜻입니까?"

"힘은 뭉칠수록 강해지는 법. 초반부터 적을 몰아세운다면 쉽사리 승리를 거머쥘 수 있을 거예요."

민재는 반박하지 않았다.

그녀의 말은 당연했다.

전략적 측면으로 보자면 아군의 수가 늘어나면 늘어날수록 전력은 산술급수를 능가해 강해진다. 그렇게 강대하게 뭉친 힘을 바탕으로 초반부터 적을 압도해 나간다면, 여인의 말대로 쉽게 승리를 거머쥘 수 있으리라.

민재라고 그 전략을 모를 리가 없다.

하지만 그러한 전략이 통하는 곳은 일반적인 전장. 이곳에선 레벨업과 골드, 아이템 이외의 여러 가지 변수가 존재하기에 단순히 뭉친다고 능사는 아니었다.

그래도 저들이 무슨 생각을 하는지는 궁금했다.

"뭉쳐서 어떻게 하자는 말이죠?"

"미드라인으로 돌격합니다. 그리고 10분이 되기 전에 게임을 끝내는 거예요."

'초반 러쉬(Rush)인가?'

포탑이 아무리 강하다고 한들, 수백 명이 똘똘 뭉쳐 공격해 버리면 무너질 수밖에 없었다. 그들이 1레벨에 불과할지라도 말이다.

미니언이 생성되기도 전, 초반부터 허를 찌르면 적은 어 하는 사이 여러 개의 포탑을 잃고 말리라. 운이 좋다면 억제기까지 무너뜨릴 수 있을 터.

그렇게만 된다면 이후의 진행은 굉장히 수월해질 것이다.

여인은 그것을 노리는 것 같았다.

하지만 그 전략에는 맹점이 있었다.

"우리 보고 타겟이 되라는 말입니까?"

공성하는 동안 포탑의 공격을 맞아야 할 자는 필요하다. 저들이 적대적으로 나오는 이유도 이를 위한 것일 터.

여인은 부정하지 않았다.

"한 번의 죽음으로 승리를 거머쥘 수 있다면 큰 이익이 아닌가요?"

"맞습니다. 하지만 전략이 실패했을 경우엔 어쩌죠? 죽음을 보상해 줄 수단이 있습니까?"

"희생 없는 승리는 불가능해요."

여인의 말은 단호했다.

민재도 동감하는 바라 따지지는 않았다. 다만 그 희생의 대상이 동료들이 되는 것은 싫었다.

"거부하겠습니다."

"어쩔 수 없군요. 치세요!"

여인이 소리치자, 뒤에 기립해 있던 자들이 무기를 겨누며 달려들었다.

"으아앗!"

불시의 돌격.

민재는 즉시 뒤로 물러섰다.

미처 대응할 시간도 없었지만 이대로 당할 수만은 없는 노릇.

창!

즉시 창을 겨누며 달려드는 적을 찌르려는 찰나.

"그만!"

난데없이 고함 소리가 들렸다.

그와 동시에 돌격을 감행하던 자들이 우뚝 멈춰 섰다. 그리곤 여인을 비롯한 자들이 즉시 무기를 거두며 양쪽으로 갈라졌다.

그것을 가능하게 한 자.

민재는 저 뒤에서 다가오는 자를 살폈다.

고급스러운 옷을 입은 은발의 미남.

그의 뒤를 오십에 가까운 유저와 프리 미니언이 따랐다.

저들과 여인이 한 무리라면, 추측은 단 하나뿐.

'거대 길드로군.'

지구의 게임에서나 볼 법한 거대 길드.

민재는 게임을 하며 거대 길드에게 수모를 당한 적이 있었다.

그렇기에 저들을 보는 순간 좋지 않은 기분부터 들었다.

하지만 의외로 은발 남자는 겸손했다.

"죄송합니다."

앞으로 나선 그는 사과부터 했다. 그것도 예의 바르게 한쪽 무릎을 꿇고서.

그리곤 다시 일어서더니.

짜악!

여인에게 따귀를 날렸다.

"강압적인 방법은 사용하지 말라고 했을 것이다!"

"용서해 주십시오. 죽을죄를 지었습니다."

여인은 바로 바닥에 엎드렸다.

'뭐지?'

민재는 불협화음을 느꼈다.

저런 광경을 보지 못한 것은 아니었다.

왕과 신하. 사극만 보아도 흔히 볼 수 있는 모습이 아닌가.

하지만 이곳은 전장.

영토를 가진 유저인 이상, 저처럼 주종관계가 될 리가 없는 것이다.

"권유하겠습니다. 우리를 도와주십시오."

은발 남자는 온유하게 말했다.

그의 미소마저 부드러워 도무지 나쁜 사람 같아 보이지 않았다.

하지만 민재는 저런 낯으로 사기를 치는 자들을 보아 왔다.

그렇기에 쉽게 믿을 수는 없었다.

"싫습니다."

단호히 말하자, 그는 안타까워했다.

"아쉽군요, 나중에라도 도움을 주신다면 감사하겠습니다."

남자는 미련 없이 돌아섰다.

그리곤 갑자기 오른팔을 위로 쳐들었다. 그러자.

번쩍!

난데없이 그의 팔에서 몽롱한 은빛이 번뜩였다.

'윽.'

민재는 순간적으로 눈을 가렸다. 동시에 창을 내지를 준비를 했다.

이것이 남자의 스킬 공격이라면 즉시 카운터를 날리기 위해서였다.

하지만 민재의 착각일까? 빛은 아무런 데미지도 가하지 않았다.

"미드 라인으로 돌격!"

남자는 그를 따르는 자들에게 소리쳤다.

"합!"

척척척!

남자를 필두로 길드 전체가 전진을 시작했다.

발을 움직이지 않은 채 수중을 미끄러지듯 이동하는 자들이 무려 80여 명이었다.

실로 기이하고도 압도적인 위용.

민재와 동료들은 물러설 수밖에 없었다.

혹시 공격을 하지 않을까 싶었지만, 그들은 민재 일행에게 신경도 쓰지 않고 전진해 나갔다.

'뭐였지?'

그의 오른팔이 뿜었던 빛은 단순한 빛인 모양.

아마도 군대를 지휘하기 위한 시선 집중용 잡기술인 것 같았다.

"우리도 전진합니다."

민재는 동료들을 이끌고 정글로 들어섰다.

그러며 거대 길드를 관찰했다.

그들은 곧장 미드라인으로 나아가고 있었다.

아직 미니언도 나오지 않은 시각. 저들의 돌격이 성과를 낼 수 있을지 의문이 일었다.

하지만 수가 많아도 워낙 많으니, 적이 대비를 하더라도 포탑 하나 정도는 쉽게 부술 수 있으리라 추측되었다.

아군이니, 그들이 성공하길 바라는 마음도 생겼지만.

'왠지 꺼림칙해.'

민재는 은발 남자가 좋은 사람이 아니라는 생각이 들었다.

하지만 동료들은 민재와는 달랐다.

"나쁜 자들은 아닌 것 같소."

비누엘이 말했다.

다른 이들을 보니 마찬가지였다.

초반에 나섰던 여인에게는 분노가 들끓어 오른 모양이었지만, 은발의 남자의 온화한 태도에 적대심이 사그라진 것일까?

"나쁜 자들이 아니었으면 좋겠지만, 저들은 거대 길드입니다."

"거대 길드?"

비누엘이 고개를 갸웃거렸다.

"크다고 나쁜 것은 아니지 않소?"

"나쁘기에 클 수도 있죠."

바로 착취.

이익을 위해 하나로 뭉친 그들의 힘은 서버를 들었다 났다 할 정도로 강력했다.

그 덩치만큼이나 이기적이라 그들은 일반 유저의 원성을 사는 존재였다.

길드의 유지비용이 많이 들기에, 그 비용을 충당하려 일반인의 사냥터를 제한하는 등 여러 가지 악행을 저지르는 것이다.

한편으론 그들의 행동이 이해 가기는 하나, 그 이기심만은 눈 뜨고 볼 수 없을 정도였다.

"전장에서 승리하려면 규모가 클수록 좋지 않소?"

"제 생각은 다릅니다. 이쪽으로."

민재는 아군의 정글을 거쳐 적측의 정글로 나아갔다.

그리곤 적당히 좋은 길목에 숨어든 후, 평소처럼 적이 나타나기만을 기다렸다.

하지만 시간이 지나도 적은 나타나지 않았다.

그때였다.

[포탑을 파괴하였습니다.]

"저들이 포탑을 무너뜨렸어요!"

여우가 소리쳤다.

미니맵을 보고 있었던 모양.

민재도 보고 있었기에 경과를 자세히 알 수 있었다.

무려 80명이나 되는 자들이 밀물처럼 밀려가 포탑을 집중 공격해 버린 것이다.

포탑을 지키는 적은 겨우 30 남짓.

일반 게임답게 더욱 강력한 힘을 가진 포탑이 빛을 쏘아 내 며 공격을 했지만, 아군의 수가 너무나도 많아 감당할 수가 없 었다.

양측은 후퇴를 모른 채 싸웠지만, 승자는 아군이었다.

"대단하네요."

양이 탄성을 토해 냈다.

그만큼 은발 남자의 활약은 대단했다.

그는 기이한 스킬을 사용해 아군을 보호했다.

그가 팔을 펼치자 은색의 빛줄기가 아군에게 쏘아지더니 보 호막을 형성한 것이다. 한 명도 아니고 여럿에게 말이다.

적은 포탑을 끼고 용감히 공격을 했지만, 보호막에 막혀 큰 피해를 입히지 못했다.

은색 남자의 스킬이 그것만이었다면 적이 쉽게 당하지는 않 았을 것이다.

하지만 그의 궁극기는 기묘했다.

펄럭, 하고 남자가 손을 위로 치켜들자, 아군의 몸에 깃들었던 보호막이 유리조각 깨지듯 터져 나가며 적을 난자해 버린 것이다.

그 한 번의 공격에 적 열다섯이 쓰러졌다.

순식간에 선취점을 포함한 15킬을 가져 버린 남자는 맹공을 가해 적을 격멸해 버렸다.

그리곤 여세를 몰아 포탑까지.

아군의 피해는 단 10명뿐이었다.

"두 번째 포탑으로 가겠습니다!"

은색 남자가 소리쳤다.

오오!

그를 따르는 자들이 호기롭게 외치며 즉시 진군을 시작했다.

"와아!"

동물들이 감탄을 토해 냈다.

민재와 동료들이 수풀에서 대기한 지도 꽤나 시간이 지났다. 하지만 적은 나타나지 않았다.

이번 습격은 실패.

아무런 성과도 없이 시간만 허비한 것이다.

하지만 은발 남자는 벌써 큰 전공을 세웠으니.

"우리도 저들을 따르는 게 어때요?"

여우가 말했다.

양과 토끼도 고개를 끄덕였다.

"크면 좋아! 크게 뭉치자, 카악!"

고블린마저 소리쳤다. 그 역시 저들과 합류해 전공을 세우고 싶은 모양.

"안 됩니다. 더 기다려 보죠."

"하지만, 지금 도와야 더 유리해지잖아요."

여우의 말이었다.

"그렇긴 합니다만."

일반 게임은 랭크 게임이나 대전 게임과는 다르다.

여기선 살아남는 것이 목적.

누가 전공을 세우는가는 중요하지 않다. 어떻게든 적진을 빨리 파괴해 귀환하는 것이 중요하기 때문이었다.

때문에 여우의 말도 일리가 있었다.

지금 저들을 돕는다면 크게 성과를 낼 수 있었다. 그러면 민재와 동료들이 무사 귀환할 확률이 올라가는 것이다.

하지만 민재는 꺼림칙한 기분이 가시지 않은 상태였다.

"틀린 말은 아닙니다. 하지만 저들이 의심스럽군요."

"무엇이 말이오?"

"너무 친절합니다."

"친절한 게 왜요?"

토끼가 물어 왔다. 정말 궁금한 눈빛이었다.

민재는 대답하지 않았다.

대신 미냐세에게 물었다.

"미냐세, 저들은 어떻지?"

그녀는 타인의 마음을 읽어 낼 수 없다.

하지만 동물을 돌보며 자란 그녀는 말로는 표현해 내지 못하는 미묘한 감정을 캐치해 낼 수 있는 기이한 능력이 있었다.

저들이 거짓말을 하는지, 위험한지 아닌지 정도는 구분해 내는 것이다.

그것을 바라고 물었건만.

미냐세는 고개를 저었다.

"미안…… 미안해, 모르겠어."

그녀는 민재의 팔을 잡은 채 여전히 덜덜 떨고 있었다.

아직도 패닉 상태. 물에 대한 공포가 여태 가시지 않은 것이다.

'괜한 것을 물었군.'

미냐세의 기분을 생각하지 않은 민재였다.

"아직 무서워?"

"미안해."

미냐세는 미안하단 말만 되풀이하며 민재의 팔을 잡고 있었다.

그때 우르자가 나지막한 음성으로 말했다.

"멍청한 것들."

동물들을 향해서였다.

"예? 뭐가요?"

동물들이 눈을 커다랗게 뜨며 물었다.

"사기꾼을 만나 본 적이 없는가?"

"있어요!"

"많이 만나 봤죠, 그런데 대체 그걸 왜 물어요?"

여우가 기분이 상한 듯 되물었다.

우르자의 어투에 마음 상한 것이리라.

"저자는 좋은 말을 내세워 자신의 이익을 채우려는 인간이다."

"그걸 어떻게 알아요?"

"보면 모르는가? 그는 인간이다."

"민재도 인간이잖아요."

"은인은 다르다."

"참나."

여우가 짜증 어린 얼굴로 고개를 돌렸다. 우르자와는 말도 섞기 싫은 것 같았다.

"저도 저 인간이 마음에 들지 않아요."

릴리엘이었다. 그녀는 여우를 보며 말을 이었다.

"그리고 이민재 님은 팀의 리더잖아요. 밖이라면 몰라도 전장에선 그의 말을 따르는 것이 옳아요."

"누가 그걸 몰라요?"

여우가 소리치자, 릴리엘의 귀가 쑥 접혔다.

"아니, 화내실 것까진……."

"그만! 여기는 전장입니다."

민재가 동료들을 진정시켰다.

"조금만 더 기다려 보고, 적이 오지 않으면 몬스터의 둥지로 가겠습니다."

"네."

민재는 수초 속에 몸을 숨긴 채 시간을 더 보냈다.

하지만 적은 나타나지 않았다.

적이 정글의 중립 몬스터를 포기했을 리는 없으니, 다른 루트로 이동을 했으리라 짐작되었다.

결국.

[미니언이 생성되었습니다.]

인베이드로 성과를 낼 시간이 모두 지나가고 말았다.

"이동하죠."

민재가 수초를 빠져나가자 여우가 투덜거렸다.

"쳇."

별다른 성과를 내지 못해서일까? 아니면 우르자 때문일까?

이유야 어찌 되었든, 여우가 빈정대는 모습이 좋게 보이지는 않았다.

'별일도 아닌 걸 가지고.'

하지만 민재는 팀의 리더.

승리를 위해서 팀을 이끌어야 할 의무가 있었다. 그렇기에 지휘를 함에 있어 사심을 담지 않으려 했다.

"이쪽으로."

구불구불한 계곡을 지나자 중립 몬스터의 둥지가 나타났다.

그곳의 인근 수초로 스며들며 다시 한 번 살폈지만, 그곳에 적은 없었다.

잠시간 더 기다리자, 중형 몬스터가 생성되었다.

푸으으으.

해마처럼 생긴 모습.

하지만 놈은 크기가 컸다. 팍살라의 절반 정도 될 만큼 크기가 큰 것이다.

그만큼 강하기도 했다.

일반 게임답게, 모든 수치가 보통의 중형 몬스터와는 격이 달랐다.

랭크 게임의 드래곤에 필적할 정도의 강인함이었다.

"팍살라!"

민재가 소리쳤다.

아군은 아직 1레벨. 그에 비하면 팍살라의 체력이 가장 많으니, 그가 몬스터에게 선공을 당하는 것이 나았다.

그렇기에 소리쳤지만.

"내가 가겠다!"

체게게가 소리치며 앞으로 뻗어 나갔다.

방패를 앞세운 채.

수중이라 다리는 움직이지 않았지만, 그 빠르기는 일반적인 진격과는 차원이 다를 정도였다.

쐐애액!

파공성을 토해 내는 그녀의 몸은 그 자체로 강력한 투사체였다.

카아악!

쾅!

해마가 괴성을 지르며 체게게를 공격하려 했지만, 방패에 얻어맞자마자 팅기듯 뒤로 날아가 버렸다.

체게게의 스킬인 돌격의 여파였다.

[뭣하는 짓이냐!]

민재의 지시에 따라 선공을 가하려던 팍살라. 그는 팔을 휘둘렀지만 해마가 뒤로 팅겨 나가자 헛손질을 하고만 것이다.

"탱커는 나다!"

[연습을 잊었나? 6레벨까지는 내가 탱커일 텐데!]

둘은 공격을 하다 말고 서로를 향해 으르렁거렸다. 뒤늦게 둘을 따르던 양마저도 멈춰서 둘을 째려보았다.

그 때문에 뒤로 날아갔던 해마가 달려들었다.

목표는 세 탱커가 아니라 딜러들이었다.

"꺄악!"

해마의 꼬리 공격에 얻어맞은 여우가 비명을 질렀다. 다음 목표는 비누엘.

"뭐하는 겁니까?!"

민재가 즉시 해마에게 달려들며 창을 찔러 나갔다.

덕분에 해마의 공격이 비누엘을 향하지는 않았지만, 민재가 큰 피해를 입고 말았다.

'크윽!'

저릿한 통증.

1레벨의 민재가 무시하기에는 해마의 공격은 상당히 강한 편이었다.

"힐을!"

소리치며 민재는 해마에게 맹공을 가했다.

그제야 체계계와 팍살라가 전투에 돌입했다.

뒤이어 토끼의 힐 마법이 터지자 전투는 안정적으로 변해 갔
다.

결국, 쿠웅.

해마가 쓰러졌다.

하지만 마지막으로 해마를 친 자는 토끼였다.

우우웅.

토끼의 발밑에 붉은 기운이 서렸다.

중형 몬스터를 잡으면 얻을 수 있는 레드 버프였다.

"로타! 첫 버프는 내 것이지 않소?"

비누엘이 소리쳤다.

추가 공격과 적을 느리게 만드는 효과가 서린 레드 버프는
비누엘이 먼저 가져가기로 약속되어 있는 바.

레드 버프는 공격력이 강하고 사정거리가 긴 딜러가 가져가
야 제대로 된 위력을 발휘할 수 있었다.

"미안해요."

토끼가 시무룩하게 말했다.

"하지만 제가 버프를 가져간다고 크게 손해 보는 건 아니잖
아요."

"손해가 크오."

비누엘이 말하자, 로타가 한숨을 내쉬었다.

"쩨쩨하게."

"뭐라고 하였소?"

"아니에요!"

토끼가 소리치고 돌아서자 양이 굳은 얼굴로 비누엘에게 다가갔다.

"버프 하나 가지고 너무한 것 아니에요? 어쩌다 실수 하나 했을 뿐인데, 로타가 얼마나 기분 나쁘겠어요."

"도둑질은 용서 못하오!"

"비누엘, 그만하세요."

민재가 싸움을 말렸다.

"나는 전장에서 살아 돌아가야 하오, 내 딸을 위해서라도 말이오. 그러기 위해서는 조금이라도 이익을 놓쳐서는 아니 되오."

"아빠! 저 다 컸다니까요."

"무슨 소리냐! 너는 아직 성인이 아니다!"

"99살이면 다 컸다구요! 언제까지 어린애 취급할 거죠?"

릴리엘이 발끈하며 소리쳤다.

체계게는 차가운 얼굴로 릴리엘을 비꼬았다.

"어른에게 소리를 지르다니. 이민재, 보아라. 그녀는 저런 여자다."

"멍청한 것들."

우르자까지 비웃음을 날렸다.

그러자 여우가 소리쳤다.

"뭐야? 누가 멍청하다는 거야?"

"카악! 왜 소리 질러! 우르자에게 왜! 쪼그만 게!"

동료들 모두가 언성을 높여 갔다. 팍살라는 물론이고 다른 프리 미니언까지 이를 드러내며 으르렁거렸다.

"그만! 다들 왜 이러는 겁니까!"

민재가 소리쳤다.

더 이상은 참을 수 없었다.

사냥하다 말고 웬 분란이란 말인가?

"말싸움할 거라면 신전으로 귀환하세요!"

민재의 말에 다들 입을 다물었다.

하지만 다들 표정부터 불만이 가득했다. 화는 나는데 민재 때문에 말을 못하는 것이다.

"다음 둥지로 이동합니다."

민재는 동료들을 이끌고 이동했다.

그러며 미니맵을 살폈다.

전장은 치열한 격전에 휩싸여 있었다.

탑라인도, 봇라인도. 아군과 적, 미니언과 미니언이 뒤섞인 격전의 도가니였다.

어느 쪽도 유리하지 않은 상황.

하지만 미드라인만은 달랐다.

은발의 남자가 이끄는 거대 길드가 두 번째 포탑마저 무너뜨리려 하고 있었기 때문이었다.

포탑의 체력은 겨우 10%밖에 남지 않았다. 방어를 하고 있던 적 40여 명은 반수 이상 죽어 나갔다.

물론 아군의 피해도 만만치 않았다.

70여 명 남았던 아군은 이제 40명밖에 남지 않았다. 그래도 아직은 건재했다.

수부터 적을 능가하는데다 조직적인 공성을 하고 있어, 얼마 안 가 포탑을 무너뜨릴 수 있을 듯 보였다.

"쳇, 저쪽은 벌써……."

여우가 투덜거렸다.

목소리가 너무 작아 잘 들리지는 않았다. 하지만 의미는 짐작할 수 있었다.

"이번엔 이곳을 사냥하겠습니다."

민재는 오징어를 닮은 중립 몬스터 사냥을 지시했다.

그리곤 동료들이 사냥하는 모습을 지켜보며 미냐세와 샤나를 살폈다.

샤나는 어느 정도 패닉에서 벗어났지만, 미냐세는 아직도 물을 두려워하고 있었다.

동료들은 투덜거리면서 사냥을 시작했다. 다행히 아까처럼 언성이 오가지는 않았지만 아직도 화가 풀리지는 않았다.

화가 식지 않은 것은 민재도 마찬가지.

다만 민재는 아까부터 느껴졌던 꺼림칙한 감정이 마음에 걸렸다.

원인은 아마도.

'그 빛 때문인가?'

은발 남자의 팔에서 터졌던 빛.

그 빛을 쏘인 후 민재는 물론이고 동료들마저 이상해졌다.

데미지가 들어오지 않았기에 스킬이 아닌 줄 알았더니.

'설마 정신 공격 스킬?'

자꾸만 화가 나는 것이 이상하던 참이었다.

만약 그의 스킬이 정말 정신에 작용하는 스킬이라면.

'사기군.'

엄청나게 위험한 스킬이었다.

집단전이 일어나기 직전, 저 스킬을 적에게 사용한다면 어떻게 될까? 적은 자중지란을 일으킬 것이고, 아군은 뭉치지 못하는 적을 손쉽게 처리할 수 있게 된다.

별 위력이 없어 보이지만, 실로 강력하기 그지없는 스킬이 아닌가.

그러한 스킬에 민재는 물론이고 동료들 모두가 당한 것 같았다.

'아니, 미냐세와 샤나는 당하지 않았어.'

빛이 터질 당시, 둘은 패닉에 빠져 있었다. 때문에 스킬의 효과를 받지 않은 모양.

"모두 모이세요."

사냥이 끝나자 민재는 동료들을 불러 모았다.

"분란이 일어난 것은 적의 스킬 때문입니다."

민재는 팀 채팅으로 추측사항을 말해 주었다. 하지만 예상과는 달리, 동료들은 민재의 말을 믿는 눈치가 아니었다.

"그런 스킬이 있다니, 금시초문이오."

"내가 화가 나는 게 스킬 때문이라고요? 참나. 그런 말을 누가 믿어요?"

동물들이 불신의 눈으로 민재를 쳐다보았다.

나머지 동료들 역시 믿음이 가지 않는다는 눈초리.

"믿지 않아도 상관없습니다. 어차피 스킬, 시간이 지나면 정상으로 되돌아올 테니까요."

민재가 말했다.

그때였다.

[포탑을 파괴하였습니다.]

미니맵을 확인하니 미드라인의 포탑이 파괴된 후였다.

살아남은 적은 도주하고 있었고, 아군은 승리의 함성을 지르며 복귀를 시작했다.

그들은 이제 30명 남짓.

대다수는 해초 사이로 숨어들어 귀환 마법을 시전했다. 하지만 5명만은 곧바로 귀환하지 않았다.

곧장 이쪽으로, 민재와 동료들을 향해 걸어오고 있는 것이다.

'무슨 의도지?'

민재는 의심부터 했다.

동료들에게 분란을 일으킨 은발 남자.

좋지 않은 의도로 스킬을 사용했을 것이 분명하니 경계심부터 드는 것이다.

피하는 것이 옳았지만, 이곳은 사방이 막힌 전장.

시야를 공유하고 있는 아군에게서 도망칠 방법은 없었다.

민재는 느긋하게 그들을 기다렸다.

그러며 팍살라에게 말을 걸었다.

"접근하는 의도가 뭐라고 생각해?"

팍살라는 실소를 했다.

[이미 알아차린 듯하니, 굳이 묻지 않아도 될 일이 아닌가?]

"그렇겠지."

어떻게 대응할 것인가? 그 점은 명확했다.

5명은 재빨리 다가왔다.

"전투를 보았습니까?"

선두에 선 은발 남자가 입을 열었다.

말투는 친절했지만 표정은 곤혹스러웠다.

아마도 거짓된 연기.

그 의도는 빤했다.

그는 이번 전투로 크게 전과를 기록했다.

하지만 민재 일행이 도움을 주었다면 더 크게 이겼을 것이다.
그러니 지금이라도 자신의 휘하에 들어라, 라고 말하려는 것일
터.

민재는 처음부터 그를 의심하고 있었기에 저변에 깔린 의도
를 파악하고 있었다.

하지만 동료들은 아니었다.

"네! 정말 멋졌어요!"

여우가 소리쳤다.

그의 플레이에 크게 감명을 받은 모양.

양과 토끼도 마찬가지였다. 다른 동료들은 그 정도까지는 아니었지만, 그에게 상당히 호감이 생긴 것 같았다.

그도 그럴 것이, 게임이 시작된 지 얼마 지나지 않은 시간에 비하면 그가 이룬 전과는 상당히 컸으니 말이다.

적도 아닌 아군이 이룬 성과이니, 호의 어린 말을 들을 만했다.

그러나 이 성과는 다른 이의 희생을 바탕으로 한 것.

다수의 희생을 발판으로 그 홀로 스포트라이트를 받는 상황이나 마찬가지였다.

민재는 말했다.

"무슨 말을 하고 싶습니까?"

"도움을 청하러 왔습니다."

그는 음울한 얼굴로 말을 이었다.

"모두의 합심으로 큰 성과를 거두었습니다. 하지만 조금만 더 전력이 강했다면 더 밀어붙일 수 있었을 텐데, 아쉽군요."

민재는 부정하지 않았다.

그의 말은 틀리지 않았다. 승리를 위해서는 아군 모두가 합심해야 하는 법. 지금이라도 그와 함께 힘을 합치는 것이 무사귀환을 위한 지름길이리라.

하지만 민재는 그를 믿을 수 없었다.

그의 지휘를 받아 군단의 방패가 되었다간, 민재는 물론이고 동료들마저 3데스를 당할 수도 있는 것이다.

민재는 단호히 말했다.

"합류하지 않겠습니다, 우리는 독자적으로 움직입니다."

"독자적? 적은 만만치 않습니다. 우리가 따로 행동한다면 이번 전장에서 패배하고 말 것입니다."

놈이 말했다.

그의 뒤에 있던 자들도 거들었다.

"하아! 조금 전 전투를 보았다면 그렇게 말하지 못할 것인데, 참으로 생각이 없는 자로군!"

"네놈들이 공성에 합류했다면 포탑 하나를 더 부술 수 있었을 것이다!"

"함부로 말하지 말도록!"

은발 남자가 뒤를 돌아보며 소리쳤다.

부하들이 입을 닫자, 그는 다시 이쪽을 보며 말했다.

"다시 말하겠습니다, 도움을 주십시오."

"휘하에 들어 당신의 지휘를 받으란 말이군요."

"돌려 말하지 않겠습니다, 맞습니다."

"싫습니다."

민재가 거부하자, 부하들이 무기를 꼬나쥐었다.

"말이 통하지 않는 자로군!"

"강압적으로 나고 싶진 않군요."

은발 남자가 말했다. 태도가 슬슬 고압적으로 변하고 있었다.

민재는 물러서지 않았다.

"가세요, 가지 않는다면 공격하겠습니다."

"어리석은 자!"

차창!

부하들이 무기를 겨누었다.

험악한 표정, 금방이라도 공격하려는 듯 사나운 기세였다.

은발 남자 역시 표정이 딱딱해졌다.

"합류하십시오."

말하며 그는 오른팔을 올렸다.

스윽.

전에 보았던 그 제스처.

민재와 동료들을 혼란스럽게 했던 정신계 스킬을 사용하려는 것이 분명했다.

'역시!'

가만둘 수는 없는 노릇.

저것을 허용했다간 동료들은 지금보다 더 심한 다툼을 벌이게 될 것이다.

팡!

민재의 몸이 땅을 박찼다.

총알처럼 앞으로 뻗어 나가는 동시에 창을 앞으로 내질렀다.

쐐애액!

갑작스런 공격.

"흡!"

은발 남자는 급히 몸을 회전했다.

창끝을 피하려는 의도.

하지만 이미 한발 늦은 상황이었다. 그가 제대로 피하기도 전에 민재의 창끝이 갑옷에 닿았다.

푸욱!

"갈취!"

[적의 스킬을 갈취했습니다.]

시스템 음성과 함께 튀는 붉은 핏줄기.

"윽!"

놈은 비음을 내지르며 한발 물러섰다.

민재 역시 재차 공격을 하지 않고 물러섰다. 이미 공격의 목적은 이룬 후였기 때문이었다.

그제야 그의 부하들이 돌격을 시작했다.

"비겁하게 뒤를 공격하다니!"

"가만두지 않겠다!"

"잠깐!"

은발 남자는 손을 펴 돌격을 막았다.

그리곤 날카로운 눈으로 민재를 쏘아보았다.

"무슨 짓입니까?"

민재는 대답하지 않았다.

대신 그에게 훔친 스킬을 확인했다.

[내분 — 액티브 스킬]

[현재 마나의 1/3을 소비해 하나의 집단 전체에 저주를 가합니다. 저주에 걸린 자들은 자신의 집단 구성원에게 큰 불만을

가집니다. 저주는 소모된 마나만큼 초로 환산되어 유지됩니다.
재사용 대기시간 80초.]

은발 남자의 스킬이었다.

'사기군.'

민재가 전장에서 처음 보는 정신계 스킬이었다.

스킬 설명부터가 애매했다.

그러나 그 효과는 이미 경험해 본 바. 아무런 공격 능력도 없지만, 이 스킬은 일반적인 공격보다 더 막강했다.

은발 남자는 협박하듯 말했다.

"적을 두고 내분을 일으킬 수 없으니, 이번 공격은 용서하지요. 그러나 계속 적대한다면 나도 가만히 있지 않겠습니다."

그는 사나운 낯으로 오른팔을 다시 들어 올렸다.

"최후의 통첩입니다, 내 휘하로 들어오십시오."

만약 그가 적대한다면 민재는 곤란해진다.

민재 일행이 수가 많다고는 하나, 거대 길드와 싸워서 이길 수는 없는 것이다.

하지만 민재는 당황하지 않았다.

당황한 것은 오히려 은발 남자였다.

"음……?"

그는 침음성을 냈다.

"어째서?"

오른팔을 올렸는데, 손에서 아무런 빛도 나지 않는 것이다.

"스킬을 찾나?"

민재의 말에 은발 남자는 깜짝 놀랐다. 그러며 민재를 노려 보더니, 곧 쓰게 웃었다.

"기이한 스킬을 가지고 있군."

민재의 스킬이 어떤 것인지 파악한 모양.

"너야말로."

정신계 스킬을 가지고 있다니, 그것도 내분 스킬을.

그가 어떤 삶을 살아온 것인지 짐작이 가는 민재였다.

"훗."

은발 남자는 피식 웃었다.

하지만 곧 그의 눈빛은 묘한 열망으로 물들었다.

"나는 너처럼 특이한 스킬을 가진 자를 좋아하지."

"난 싫은데?"

말하며, 민재는 오른손을 들어 올렸다.

스윽.

"감히!"

은발 남자가 급히 땅을 박차 민재에게 쇄도해 왔다. 민재가 스킬을 사용하지 못하게 막으려는 것이다.

하지만 이미 스킬이 발동된 후였다.

번쩍!

민재의 손에서 빛이 뿜어졌다.

황홀할 정도로 누런 황금빛, 그것이 뿜어짐과 동시에 은발 남자의 공격이 들어왔다

푸욱!

날카롭고 두꺼운 검.

그것이 민재의 오른팔을 관통하며 피가 튀었다.

"윽!"

민재는 급히 뒤로 물러서며 창격을 가했다. 은발 남자 역시 검과 방패로 맞서 왔다.

파팍! 차창!

둘이 순식간에 두 합을 주고받고 나서야 동료들이 정신을 차렸다.

"힐!"

토끼가 급히 회복 마법을 사용했다.

다른 동료들 역시 급히 민재의 곁으로 다가와 공격을 하려 찰나.

"그만두지!"

은발 남자가 소리치며 뒤로 몸을 날렸다.

민재는 따라붙지 않고 공격을 멈추었다.

"우리가 싸우면 적을 돕는 꼴이다!"

그가 소리쳤다.

틀린 말은 아니었으나, 그의 표정은 이미 악귀처럼 변해 있었다.

죽여 버리고 싶은데 억지로 참는 모양.

"꺼져."

민재가 말하자, 그는 주먹을 쥐고 부들부들 떨었다.

"신전으로 귀환한다!"

그는 돌아서더니 부하들을 데리고 멀어져 갔다.

척척척!

민재는 그들을 노려보다 뒤돌아섰다.

그러자.

"저기…… 어떻게 된 일이죠?"

여우가 물었다.

괴이한 표정, 동료들은 어리둥절한 얼굴이었다.

눈빛이 아까와는 판이했다. 불신으로 가득했던 동료들의 표정이 원래의 모습으로 되돌아간 것이다.

"설명해 드리죠."

민재는 스킬에 대해 말해 주었다.

아군의 불화 역시 그 때문이었다는 것도.

"그런 사악한 스킬이!"

체게게가 소리치더니, 곧 이를 갈았다.

다른 동료들도 분노를 토했다.

"카악! 사기꾼이잖아!"

"용서할 수 없어요!"

"저들의 수하로 들어가선 절대 아니 되오."

동료들은 거대 길드에게 분노를 느끼고 있었다.

조금 전 있었던 분란이 적의 스킬 때문이라니, 너무나 화가 나는 것이다.

민재는 손을 저었다.

"더는 스킬을 사용하지 못할 겁니다."

스킬을 사용하려 했다간 도리어 자신이 당할 수도 있었다.

내분 스킬에 한 번 더 당하게 되면 80에 이르는 그의 세력이 산산조각 날 우려가 있는 법.

이제는 민재를 귀찮게 하지 못할 것이다.

후환을 없애자면 3데스를 만들어 버리는 것이 속 편했다. 그러나 그는 거대 길드의 수장. 처리하려다가 도리어 당해 버릴 수도 있었다.

아군과 불화를 일으켜 적을 유리하게 만드느니, 암묵적으로 협동하는 것이 옳은 선택이었다.

"귀환하죠."

민재는 동료들과 함께 귀환 주문을 사용했다.

피피핏!

신전으로 돌아오자 아이템 구매가 시작되었다.

조금 전의 사냥에선 킬도 올리지 못하였고 골드도 소량밖에 획득하지 못했다. 그러했기에 동료들이 살 수 있는 아이템은 한정되어 있었다.

"미냐세, 괜찮아?"

민재의 말에 미냐세는 고개를 끄덕였다.

"응, 이제 괜찮아."

안색은 이제 정상, 물속에 오래 있다 보니 어느 정도 적응이 된 것이리라.

샤나 역시 더는 두려움에 떨지 않았다.

주변에 물이 가득하지만 숨을 쉬지 않아도 되는 것은 물론이고 이동마저 자유롭다. 두려움만 떨쳐 버릴 수 있다면 땅과 크게 다를 바가 없었다.

"어디로 갈 것이오?"

비누엘이 물었다.

아직 전장 초기, 승리를 거머쥐고 집으로 되돌아가기 위해선 강해져야만 했다.

그러려면 미니언이나 중립 몬스터를 잡아야 했다.

"없군요."

민재는 조금 전부터 미니맵을 살펴보고 있었다.

모든 진격로는 이미 가득 차 있었다, 정글 역시 마찬가지.

아군의 수가 무려 500명이나 되었기 때문이었다.

이번 전장의 규모가 아무리 크다고 해도, 이렇게나 수가 많다면 성장이 곤란해질 수밖에 없었다.

어딜 가도 수백, 적어도 수십이니, 골드는 고사하고 경험치조차 얻기 힘든 형국이었다.

그러나 방법이 없는 것은 아니었다.

"적을 습격하는 것이 어떻겠소?"

비누엘이 물었다.

유저로 가득한 전장.

수가 많은 것은 적 역시 마찬가지였다.

적들도 사냥터를 찾지 못해 곤란해할 것이니 습격대를 조직해 아군을 공격하려는 자들이 상당수 있을 것이다.

비누엘의 말은 그자들을 역으로 공격하자는 뜻일 것이다.

"아니요."

민재는 고개를 저었다.

비누엘의 의견이 틀린 것은 아니었다.

오히려 성장에는 효율적인 방법이었다. 하지만.

"이번 전장은 일반 게임입니다. 적보다 전투맵 자체가 더 두려운 적입니다."

이미 해류의 무시무시함을 겪어 본 민재였다.

팍살라의 기지가 없었다면 전멸했을지도 몰랐다.

그만큼 일반 게임의 맵은 위험했다. 그 자체가 유저를 죽이기 위해 만들어진 살인맵인 것이다.

그러니 전략은 성장보다 생존에 무게를 두어야 했다.

거기에 적합한 장소가 있었다.

"그럼 어디로 가야 하오?"

"던전으로 가죠."

민재는 미니맵을 보며 답했다.

"던전?"

비누엘이 고개를 갸웃거렸다.

"지금 보니, 던전이 거대하오."

던전은 매우 컸다.

민재의 것과 비교하기 미안해질 정도였다.

미니맵에 표시되는 던전은 거대한 원형이었다. 아군의 정글부터 맵의 중앙을 넘어 적측의 정글까지.

전장 전체를 아우를 정도로 커다란 것은 물론이고 곳곳에 중립 몬스터의 둥지까지 산재해 있었다.

그러한 던전이 있는 장소는 지하, 심해 바닥에 있는 바위에 뚫린 거대한 터널이었다.

입구는 정글 곳곳에, 적측의 정글에도 입구가 존재했다.

그렇기에 던전은 새로운 용도로 활용할 수 있었다.

"새로운 습격로로 사용할 수 있겠소."

비누엘이 말했다.

던전이 그저 중립 몬스터의 수를 늘이기 위한 용도가 아님을 알아차린 것이다.

그러니 던전을 통해 적측의 정글로 진입할 수 있다면 기습이 용이했다.

하지만 이 방법에는 위험이 따랐다.

바로 외길.

터널 같은 던전이라, 적에게 포위당하게 되면 도망치지도 못하고 죽을 수밖에 없는 구조인 것이다.

그래서인지 아군 중 던전으로 진입한 자는 아직 없었다. 적 역시 마찬가지이리라.

"저곳으로 가서 중립 몬스터를 사냥하자는 뜻이오?"

"네, 할 수 있다면 적을 습격해 킬을 올리기도 해야겠죠. 그러나 그보다는 먼저 확인해야 할 게 있어요."

민재는 성장보다 생존을 염두에 두고 있었다.

그러기 위해서는 맵의 정체를 파악해야 했다.

지난 일반 게임인 화산, 그곳의 화산 폭발과 이곳의 해류 공격이 흡사하다면, 다른 것 역시 이 맵에 존재해야 했다.

민재는 고개를 들어 팍살라를 보며 말했다.

"저곳에 드래곤이 있을 겁니다."

"드래곤?"

미냐세가 눈을 깜박였다. 미니맵을 보는 모양.

"정말 둥지가 저기에 있어."

아직 게임 초반, 드래곤은 등장하지 않았다.

하지만 드래곤이 출현할 법한 공터는 보였다.

그곳은 던전의 내부.

터널로 이루어진 바위 동굴 한가운데였다.

"드래곤을 잡을 생각이오?"

비누엘의 표정이 흐려졌다.

민재를 제외하면, 모두가 지난 전장에서 수난을 당했다.

그 생각이 났기에 드래곤 사냥이 꺼려지는 것이리라.

"굳이 잡을 생각은 없습니다만, 방해가 된다면 해치워야 하겠죠."

드래곤을 잡으면 막대한 이익이 발생한다.

희귀 등급의 스킨에 영혼까지.

민재는 그것이 탐났다.

하지만 그보다는 아군의 생존을 위해서라도 드래곤을 잡고 싶었다.

[욕심이 아닌가? 나조차도 감당하지 못할 텐데.]

팍살라가 웃었다.

"그렇지."

민재는 인정했다.

드래곤은 강하다, 그것도 무지막지하게.

자유롭게 맵을 돌아다닐 수 있는 드래곤은 일반적인 드래곤과는 판이하게 다른 존재인 것이다.

운이 따라 주지 못했다면 샤나의 도움을 받고도 팍살라를 처치하지 못했을 터.

동료들과 힘을 합친다면 드래곤을 쓰러뜨릴 수 있을지도 모르는 일이었지만, 큰 희생이 따를 것이다.

[나를 염두에 두나 본데, 지금 브레스를 사용할 수 없다는 것을 잊은 것은 아니겠지?]

"물론, 하지만 근접 전투력은 차이가 없잖아."

[나를 죽일 셈인가?]

"드래곤이 방해되지 않는다면 굳이 잡을 생각은 없어. 오히려 잡지 않는 것이 나을 수도 있지."

[어부지리를 노릴 생각이군.]

팍살라가 웃었다.

민재는 부정하지 않았다.

500명이나 되는 아군 중 드래곤을 잡을 수 있는 세력은 단 둘뿐.

이쪽을 제외하면 거대 길드만이 드래곤을 사냥할 수 있을 것이다.

그들과 협력 관계라면 모를까, 굳이 큰 피해를 감수해 가며 드래곤을 잡을 생각은 없는 민재였다.

"드래곤을 잡지 않아도 성장은 해야죠."

"좋소, 갑시다."

일행은 정글로 진출해 나갔다.

물속이라 발을 움직이지 않고도 쭉쭉 뻗어 나갔다.

아직 이동에 익숙하지 않은 미냐세 때문에 잠시 지체하기도 했지만, 그녀가 곧 적응하자 이동은 거침없었다.

나아가며 미니맵을 보니, 전체적으로 아군이 유리한 상황이었다.

적은 미드라인의 포탑이 두 개나 밀렸다. 진형 가운데가 푹들어간 형국이라, 적들은 움직임에 제한이 있을 수밖에 없었다.

게다가 거대 길드가 아군 여럿과 함께 중앙을 다시 공격하고 있었다. 그보다 많은 적들이 방어에 나섰기에 포탑을 무너뜨릴 수는 없었지만, 그 때문에 다른 진격로의 아군이 다소 이익을 보게 되었다.

이대로 전황이 변하지 않는다면 아군이 무리 없이 이기게 되리라.

하지만 적들에게 숨겨진 힘이 있을 수도 있을 터.

무사 귀환을 위해서는 동료들이 더 강해져야 했다.

스스슥.

정글 깊숙한 곳으로 나아가자 곳곳에 중립 몬스터의 둥지가 보였다.

아군 정글러들은 크고 작은 무리를 이루어 사냥하고 있었다.

각자 한두 개의 둥지를 독점한 채, 다른 무리에게 사냥감을 내주지 않았다.

그들을 지나치자, 시커먼 바위 하나가 나타났다.

족히 건물 하나만큼이나 큰 바위. 그곳엔 커다란 구멍이 뻥 뚫려 있었다.

던전이었다.

"들어가죠."

일행은 조심스럽게 접근했다.

빛이라고는 찾아볼 수 없는 심해, 사방은 온통 어둑어둑한 남색빛이었다.

그곳에 있는 구멍이 밝을 리 없었다.

그러나 동굴의 우둘투둘한 벽이 가감 없이 눈에 들어왔다. 시스템의 지배를 받는 전장이기에 시야 확보에 무리가 없는 것이다.

내부는 심연과도 같았다.

짐승의 뱃속과도 같은 구덩이, 폭은 10미터 가량이었다.

[내가 앞서지.]

팍살라가 날개를 접고 고개를 내렸다. 그리곤 엎드리자 얼음 위를 미끄러지듯 그의 몸이 앞으로 뻗어 나갔다.

바로 뒤를 체게계와 양이, 그 뒤를 다른 동료들이 따랐다.

가도 가도 긴 터널 속을 팍살라의 기다란 꼬리를 따라가며 미니맵을 보니, 한쪽 벽이 움푹 파인 곳이 드러났다. 중립 몬스터의 둥지였다.

"공격!"

민재의 외침에 팍살라의 몸이 쏘아졌다. 동시에 아군이 돌격을 시작했다.

카아악!

날카로운 이빨이 잔뜩 난 해초가 괴성을 질렀다. 이동하지 못하는 식물형 몬스터가 여섯, 그러나 놈들은 원거리 공격이 가능한 몬스터였다.

파파팍!

시뻘건 바늘 수십 개가 몸 곳곳에서 쏘아지더니 팍살라의 비늘을 두드렸다.

약하지만 수십 개, 합산한 데미지는 상당히 컸다.

그러나 팍살라의 체력은 보통이 아니었다.

콰직!

팍살라의 주둥이 공격을 필두로 아군의 사냥이 시작되었다. 맷집이 단단한 탱커들이 공격을 나눠 받고 딜러가 스킬을 연사하자 큰 피해 없이 사냥을 마칠 수 있었다.

"상당히 강력하군."

체게게가 검을 내리며 말했다.

규모가 큰 전장답게 몬스터는 강했지만 던전의 몬스터는 정글에 비해 더 강했다.

버프를 주는 중형 몬스터도 아니건만 그 강함은 비등할 정도였다.

"대신 보상이 크오."

아군은 10명, 프리 미니언까지 20이었다.

대규모 인원이 경험치를 나눠 먹었는데도 상승치가 상당했다.

이런 식이라면 한동안 이곳에서 성장하는 것이 유리했다.

"계속 가죠."

민재는 동료들을 이끌고 사냥을 지속해 나갔다.

전황은 크게 달라지지 않았다.

민재 일행이 쓰러뜨리는 몬스터가 늘어나는 만큼, 아군도 적도 강해졌다.

포탑의 수는 양측 모두 변화가 없었다.

변한 것이 있다면 양군의 데스 카운트가 점점 늘어나고 있다는 점.

크고 작은 규모의 집단전으로 인해 죽어 나가는 자들이 점차 늘어났다.

그러다 보니 2데스를 기록한 자도 나타났다. 그들은 3번째 죽음을 피하기 위해 신전으로 되돌아가 밖으로 나오지 않았다.

신전은 안전한 장소.

그러나 이번 전장은 아니었다.

콰아아아!

갑자기 거대한 울림이 들렸다.

또다시 거대한 해류가 발생한 것이다.

맵 남쪽 끝자락에서 발생한 해류는 해일처럼 맵 전체를 집어삼키며 북진하고 있었다.

움직임이 상당히 빨랐다.

이곳까지 닿는 데 5초도 걸리지 않을 것이다.

저것에 쓸린다면 순식간에 맵 끝자락까지 이동해 사망하고 말 터.

봇라인의 아군은 미처 피하지 못했다. 갑작스레 해류가 발생한데다 너무 가까웠다.

아군이며 적이며, 심지어 미니언과 중립 몬스터까지.

제대로 도망도 치지 못한 채 거센 해류에 휩쓸려 버렸다.

미친 듯 소용돌이치는 물길 속에서 이리저리 비틀리고 회전하는 그들은 태풍 속 가랑잎 신세였다.

사지가 이리저리 비틀리고 꼬이며 체력이 급격히 줄어들기 시작했다. 맵 끝자락으로 유저를 몰아 사살하는 것만이 아니라 공격 능력마저 있는 것이다.

"제길, 팍살라!"

소리치자, 팍살라가 앞발을 바닥으로 내리꽂았다.

콰앙!

바위가 진동을 하며 그의 손이 땅바닥을 파고 들어갔다.

동시에 민재와 동료들은 팍살라의 팔다리를 잡았다. 팍살라는 좁은 동굴을 가득 메울 정도로 날개를 펼치곤 다시 오무려 일행을 감쌌다.

그 순간 해류가 이곳으로 치달았다.

쿠르르르르!

온 사방이 미친 듯 떨렸다.

하지만 그뿐.

맵에 처음 소환되었던 때와는 달리, 해류의 영향권에 든 것 치고는 사방이 너무나도 조용했다.

'뭐지? 설마 터널이라서?'

이곳은 던전.

심해의 바닥에 있는 땅굴이었기에 해류의 영향에서 안전한 모양이었다.

반면 밖은 난리가 났다.

정글에서 사냥하던 자들은 물론이고 신전에서 몸을 사리던 자들마저 거센 물결에 휩쓸렸다.

해류는 무자비했다, 아군도 적도 가리지 않았다. 바위를 잡고 버티던 자들도 얼마 버티지 못하고 휩쓸리더니 곧 맵의 끝자락까지 이동해 버렸다.

[처형되었습니다.]

[처형되었습니다.]

시스템 음성이 비명처럼 메아리쳤다.

'챔피언 리스트!'

민재는 급히 메뉴창을 클릭했다.

그러자 눈앞에 리스트가 나타났다.

수가 너무 많아 하나하나 살펴보기 힘들 정도로 많은 유저들, 그들 중 살아남은 자는 열 명 중 서넛에 불과했다.

수백 명이 해류 한 번에 죽어 나간 것이다.

3데스를 기록한 자는 대략 100명.

살아남은 자들은 욕설을 퍼부었다. 반수는 신전으로 귀환하려 했고 나머지 반은 사냥을 지속하려 했다.

하지만.

콰아아아아!

또다시 거대한 울림이 엄습했다.

"아닛?"

"2파가?"

해류는 한 번으로 그치지 않았다.

핵폭탄이 터진 듯, 이번에는 북쪽에서 거대한 물의 파도가 생겨나더니 남쪽으로 뻗어 왔다.

"다시 버텨요!"

민재가 소리치자, 동료들은 팍살라의 품 안에서 나오지도 못하고 다시 해류에 대비를 했다.

수중 동굴 속이라 영향을 받지 않는 것 같았지만, 혹시나 모를 사태를 방지하려는 것이다.

이러한 일행과는 달리, 동굴 밖의 유저들은 고함을 지르며 남쪽으로 뛰었다.

조금이라도 해류에서 멀어지려 하는 듯했다.

이유는 그뿐이 아니었다.

"던전으로!"

은발 남자가 소리쳤다.

부하들과 미드라인에 있던 그는 첫 번째 해류에서 무사했다.

하지만 해류를 버티느라 체력이 바닥. 이번 해류만은 버틸 수 없기에 미친 듯 이동하고 보는 것이다.

목적지는 던전의 입구. 민재 일행이 있는 이곳과 멀지 않은 장소였다.

해류가 그들을 덮치기 직전, 은발 남자와 부하들은 수중 동굴 안으로 들어올 수 있었다.

파아악!

동굴로 뛰어든 그들은 즉시 이쪽으로 다가왔다.

민재 일행처럼 팍살라의 품 안으로 뛰어들어 해류를 버티려는 것이다.

그 순간!

콰르르르르!

두 번째 해류가 동굴 위쪽을 강타함과 동시에 동굴 저편에서 무언가 거대한 것이 대포알처럼 쏘아져 왔다.

시커멓고 거대한 것.

"저, 저건!"

"드래곤!"

10미터나 되는 동굴의 절반 이상을 메울 정도로 그것은 컸다.

속도가 너무나도 빨라 제대로 모습을 판별할 수 없을 정도였지만, 쩍 벌리고 있는 아가리에 칼날처럼 솟아 있는 송곳니는 선명하게 보였다.

미니맵으로 보이는 실루엣은 뱀장어, 그러나 표식은 분명 드래곤의 것이었다.

밖에는 해류.

동굴 안은 드래곤의 공격이라니.

[내가 막아 보지!]

콰아악!

팍살라가 날개를 폈다.

그리곤 뒷발의 발톱을 세워 바닥에 박았다.

콰직!

거대한 발톱이 바위를 파고들고 그와 동시에 팍살라가 머리를 앞으로 뻗었다.

좁디좁은 장소에서 할 수 있는 공격인 박치기를 하려는 것이다.

슈우욱!

거대한 목이 앞으로 뻗어 나가는 때.

해룡과 화룡이 격돌했다.

콰아아앙!

폭음이 터지며 물이 벽처럼 변해 몸을 덮쳤다.

순간적으로 생긴 엄청난 수압.

'윽!'

묵직한 통증이 뼈마디를 분지르는 기분이었다.

그러나 민재는 통증을 느낄 겨를이 없었다. 드래곤을 공격해야 하는 것이다.

창!

단번에 창을 앞으로 뻗어 시커먼 것을 공격했다. 그러자.

쿵!

철판을 두드린 것 같은 느낌과 함께 거대한 충격이 다시금 몸을 덮쳤다.

민재는 균형을 잃고 뒤로 밀려 나갔다. 몸이 팔랑개비처럼 회전하며 감각이 흐트러졌다.

사방을 분간할 수 없었다. 몸은 물속에 붕 뜬 상태. 사지를 허우적거리며 뭔가를 잡으려는 찰나.

콱!

손에 뭔가가 잡혔다. 그것을 잡고 버티자 몸이 철근처럼 무거워지는 느낌과 함께 어딘가로 끌려가는 기분이 들었다.

콰르르르!

정신을 차리고 보니 민재가 잡고 있는 것은 시커먼 비늘이었다.

몸은 드래곤에게 메달린 신세.

드래곤은 수중 동굴 속을 미친 듯 질주하고 있었다.

엄청난 수압의 물이 얼굴을 할퀴고 지나가 눈을 제대로 뜰 수도 없었다.

'동료들은?'

민재는 눈을 감은 채 미니맵을 살폈다.

드래곤은 이미 먼 거리를 이동한 후였다. 미드라인 인근의 지하에서 놈과 마주쳤는데, 지금은 맵을 빙 돌아 탑라인 근처까지 와 버린 것이다.

동료들은 그 자리에 그대로 있었다.

모두가 드래곤의 돌격으로 큰 피해를 입은 후.

가장 앞쪽에서 격돌한 팍살라는 치명상에 가까운 데미지를 입었다.

체력이 만 단위인 그가 단 한 번의 격돌로 이렇게나 큰 피해를 입다니. 해룡의 공격력은 유저가 감당할 범위를 벗어나고 있었다.

그래도 팍살라 덕분에 피해가 가감되었는지, 동료들 중 사망한 자는 없었다.

살아남긴 했지만, 피해가 없는 것은 아니었다. 그들 역시 체력이 간당간당할 정도로 큰 데미지를 입은 것이다.

은발 남자와 부하들 역시 피해가 컸으나 죽은 자는 없었다.

그들 모두가 드래곤과의 격돌로 혼미해졌던 정신을 추리고 있었다.

수중 동굴 밖을 보니 처참했다.

첫 번째 해류에서 살아남은 자들조차 두 번째 해류는 감당할 수 없었다.

단 두 명을 제외한 모두가 해류에 휩쓸려 죽어 버렸다.

이로써 3데스를 기록한 자는 200을 넘어선 상황.

반수에 가까운 자들이 되살아나지 못하는 신세가 된 것이다.

보이진 않지만 적군도 큰 타격을 입었으리라. 해류의 공격은 적아를 가리지 않기 때문이었다.

그러나 세 번째 해류는 없었기에 살아남은 자들은 재정비를 할 여유가 있었다.

신전으로 되돌아가 소모된 체력을 회복하고 난 뒤 다시 성장하면 된다.

그렇게 하지 못하는 자는 오직 민재뿐.

콰아아아!

드래곤은 폭주 전차처럼 수중 동굴 속을 질주했다.

거기에 매달린 민재는 엄청난 수압 때문에 몸을 꼼짝도 할 수 없었다.

이대로 언제까지 매달려 있어야 하는가.

손을 놓는다면 놈에게서 떨어질 수 있을 것이다.

하지만 민재는 손을 놓을 수 없었다.

'드래곤을 잡을 기회야!'

엄청난 스펙을 가진 드래곤.

무지막지한 속도로 달려드는 놈에게 공격을 제대로 할 수나 있을까, 팍살라가 입은 데미지를 생각하면 공격보다 죽기가 더 쉬웠다.

그러니 놈을 잡을 수 있는 방법은 이렇게 매달리는 방법뿐이었다.

방법을 몰랐으면 모를까, 기회가 왔는데 그만둘 수는 없었다.

물론 위험했다.

지금 놈은 민재의 존재를 모르고 있을 터.

하지만 민재가 공격을 시작하면 반격할 것이다. 죽을 수도 있다.

하지만 이 녀석을 살려 두면 더 큰 위험이 닥친다.

해류는 다음에도 또 발생할 터.

그때 수중 동굴 속으로 피신했다가 놈의 공격을 다시 받게 된다면? 이번엔 요행으로 살아남을 수 있었지만, 다음에도 동료들이 죽지 않으란 법은 없는 것이다.

그것을 막으려면 지금 드래곤을 사냥해야 했다.

못하더라도, 놈을 잡거나 막을 방법은 알아내야 하는 것이다.

쏴아악!

민재는 수압을 견디며 손을 앞으로 뻗었다.

탁!

비늘을 단단히 잡곤 몸을 전진시켰다.

몸에 철근을 달고 암벽등반을 하는 기분. 결코 쉬운 일은 아니었지만 진전은 있었다. 조금씩이나마 앞으로 전진하고 있는 것이다.

그렇게 전진해 나가자.

"민재!"

미나세의 목소리가 들려왔다.

아마도 팀 채팅인 모양.

급히 미니맵을 확인하니, 동료들이 보였다.

위치는 드래곤이 질주하는 방향의 앞.

드래곤은 어느새 거대한 맵을 한 바퀴 회전해, 시곗바늘처럼 제자리로 돌아왔다.

이대로 놈이 더 질주한다면, 동료들이 있는 곳까지 가게 된다.

그러면 빈사 상태나 마찬가지인 동료들이 재차 공격을 당할 터.

"어서 피해! 몬스터 둥지로!"

"알았어!"

동료들과 은발 남자 일행은 급히 도주를 시작했다.

인근에 있는 몬스터의 둥지로 가려는 것이다. 직경이 균일한 터널이라 드래곤을 피할 곳이 없었지만, 몬스터의 둥지가 있는 곳의 벽은 한쪽이 움푹 들어가 피신 장소로 활용할 수 있었다.

실로 간발의 차.

동료들이 몬스터의 둥지로 들어감과 동시에 드래곤의 거대한 몸이 그 옆을 스쳐 지나갔다.

콰과과과과!

[윽!]

짧은 신음.

덩치가 큰 팍살라만이 둥지로 들어서지 못하고 해룡의 공격을 받은 것이다.

팍살라의 거대한 몸이 허물어졌다. 죽어 버린 것이다.

다른 동료들은 위험을 피했다.

그러나 또 다른 위험이 들이닥쳤다.

텅텅 비어 있던 둥지에서 중립 몬스터가 생성된 것이다.

크아아아!

오징어를 닮은 몬스터는 나타나자마자 공격을 시작했다.

동료들이 급히 진형을 구축하고 맞상대를 했지만, 이미 체력이 상당히 저하된 상태.

미냐세와 양이 힐을 사용하고, 체게게와 양이 탱킹을 시작했지만, 사상자가 발생할 수밖에 없는 싸움이었다.

'제기랄!'

이 모든 위험이 해류와 드래곤 때문이었다.

한시라도 빨리 드래곤을 처치해야 했다.

슈아악, 턱!

민재는 팔을 뻗는 손을 빨리했다.

곽살라의 경우를 돌이켜 보면, 드래곤은 약점이 있을 터.

그곳은 드래곤의 머리 쪽에 있을 가능성이 컸다. 그랬기에 조금이라도 빨리 드래곤의 머리 쪽으로 가려는 것이다.

온몸을 짓누르는 수압을 견디기란 힘들었다. 신경을 집중해야만 천천히 나마 이동할 수 있었다.

하지만 민재의 집중을 방해하는 일이 벌어졌다.

"아악!"

토끼의 비명.

[처형되었습니다.]

시스템 음성과 동시에 토끼의 몸이 허물어졌다.

진형의 뒤에 있던 은발 남자.

그와 부하들이 난데없이 공격을 시작한 것이다.

"뒤를 치다니!"

체게게가 노성을 질렀다. 하지만 그녀가 할 수 있는 일은 한정되어 있었다.

앞에는 몬스터, 뒤에는 비누엘과 우르자. 몬스터의 공격을 막아야만 둘이 무사하니 도움을 줄 수가 없는 처지였다.

은발 남자는 그 점을 노리며 공격을 감행했다.

"비겁한 놈!"

우르자가 급히 뒤돌아 마법을 퍼부었지만, 그뿐.

이미 미냐세와 여우마저 죽어 버린 상황에서 양쪽에서 협공을 당하니, 동료들이 살아남기란 불가능에 가까운 일이었다.

결국, 동료들 모두가 몬스터와 은발 남자 일행에게 죽고 말았다.

"왜 공격한 거냐!"

민재가 전체 채팅으로 소리쳤다.

은발 남자는 느물거리며 대답했다.

"변수는 없애는 게 좋지 않겠나?"

전체적인 전세는 아군이 유리한 상황.

굳이 민재의 도움이 없더라도 이길 수 있다는 자신감이 발현된 말이리라.

아군이지만 적대적 관계인 관계.

민재가 그를 꺼리듯, 그 역시 민재가 강해지는 것을 차단하려는 것이다.

그에겐 조금 전 상황이 큰 기회였으리라.

"죽여 버리겠어!"

"그럴 수 있다면."

은발 남자는 비웃음을 냈다. 그리곤 재빨리 부하들을 이끌고 몬스터의 둥지에서 도망쳤다.

'제기랄!'

민재는 화가 치밀었다.

지금 당장에라도 놈을 공격해 버리고 싶었지만, 그럴 수는 없었다.

이미 드래곤이 상당히 이동해 버린 후.

놈과의 거리가 상당히 떨어져 있으니 지금 드래곤에게서 내려선다고 한들, 놈을 죽일 수 있을 리가 없는 것이다.

차라리 드래곤을 잡는 것이 더 냉철한 판단.

"하아압!"

민재는 다시 손을 뻗어 비늘을 잡았다.

천천히, 하지만 착실하게 나아가자 드래곤의 턱에 닿을 수 있었다.

질주하는 해룡.

가까이서 보니 더욱 흉악하게 생겼다. 머리는 드래곤의 것이었으나 몸통은 뱀 같았다. 눈조차 없어 징그러운 모습이었다.

재는 미니맵 시야로 놈을 관찰하며 약점이 있을 만한 곳을 살폈다.

'저기군!'

놈의 턱 아래에 있는 붉은 구슬.

다른 곳은 철판 같은 비늘로 덮여 있었으나, 오직 그곳만은 부드러운 재질이었다.

민재가 그곳을 향해 전진해 나가자, 드래곤의 움직임이 달라졌다.

크아아앙!

갑자기 놈은 괴성을 질렀다.

민재의 존재를 이제야 눈치챈 것이다.

콰르르!

일직선으로 뻗어 나가던 몸이 이리저리 비틀렸다. 속도가 조금 느려지긴 했지만, 이 움직임은 위험했다.

동굴 속을 질주하던 드래곤의 몸이 벽을 향한 것이다.

벽에 민재를 밀어붙여 떨어뜨리려는 수작.

'젠장!'

민재는 양손으로 비늘을 움켜쥐었다.

콰앙! 가가각!

드래곤의 몸이 벽을 긁었다.

거기에 매달린 민재는 벽과 드래곤의 비늘 사이에 끼인 상황. 울퉁불퉁한 표면의 동굴 벽이 민재의 몸을 긁자 엄청난 고통이 전신을 엄습해 왔다.

정신이 멍해질 정도.

데미지마저 강력했다.

불길 위에 선 것처럼 체력이 매 초마다 급격히 줄어들었다. 이대로는 턱까지 닿기도 전에 죽고 말 것이다.

그것을 막기 위해 민재는 오른발을 움직여 놈의 비늘을 찼다.

퍽!

"탈취!"

미약한 공격.

하지만 효과는 엄청났다.

드래곤이 가진 체력의 20%를 훔쳐 버린 것이다.

단숨에 체력이 수천을 돌파해 버린 민재.

시간적 여유를 얻었으나 상황은 변함이 없었다. 벽과의 부딪힘은 여전한 것이다.

그것을 이기며 전진하자 붉은 구슬에 도달할 수 있었다.

한 손으로 비늘을 단단히 쥔 채로 민재는 주먹을 쥐고 구슬을 내려쳤다.

콰악!

크아앙!

포효를 지르며 드래곤의 몸이 요동쳤다.

쿵! 쾅! 콰앙!

동굴 사방에 몸을 부딪치며 민재를 떨궈 내려 했다. 그러나 민재는 단단히 버티며 재차 공격을 감행했다.

콰악!

두 번째 공격.

크아앙!

민재의 공격력이 크지 않은 데 반해, 들어가는 데미지는 상당했다.

'역시 이곳이 약점이야!'

공격을 계속하자, 드래곤의 체력이 급감했다.

몇 번만 더 공격하면 체력이 0이 될 터.

그 순간 드래곤이 괴이한 행동을 하기 시작했다.

카아아악!

갑자기 입을 벌리는 드래곤.

동시에 기괴한 울음소리가 놈의 입에서 터져 나오기 시작했다.

'설마 브레스?'

민재는 본능적으로 위협을 느꼈다.

즉시 공격을 멈추고 양손으로 비늘을 움켜잡았다.

그 순간.

콰릉!

엄청난 폭발음이 터지며 고막이 찢어지는 느낌을 받았다.

'아악!'

귀가 터져 버릴 것만 같았다. 몸을 둘러싸고 있는 물 자체가 비명을 지르는 것만 같았다.

머리가 멍멍한 가운데서도 민재는 드래곤의 비늘을 애써 움켜쥐었다.

그러며 미니맵을 보니.

파아아아!

드래곤이 내뿜은 무언가가 엄청난 속도로 통로를 찢어발기고 있었다.

마치 충격파 같은 모습.

해룡의 브레스가 분명했다.

'빨라!'

그것은 드래곤의 질주보다 더욱 속도가 빨랐다. 순식간에 맵 절반을 돌아 버릴 정도였다.

그것에 당한 자들이 비명을 질렀다.

"크아악!"

[처형되었습니다.]

[처형되었습니다.]

[적이 처형되었습니다.]

아군 적군 가릴 것 없이, 통로에 있던 모두가 충격파에 맞아 죽어 버렸다.

순식간에 미니맵이 암흑으로 물들었다.

전멸한 것이다.

수중 동굴에서 살아 있는 것은 오직 민재뿐.

'제기랄!'

어마어마한 파괴력.

일반 게임의 드래곤은 너무나도 막강했다. 그것을 처절하게 깨닫는 순간.

파팍!

드래곤이 격렬하게 몸을 비틀기 시작했다.

요동치는 물살.

쾅!

'윽!'

아찔한 고통이 느껴졌지만, 민재는 그것에 신경 쓸 겨를이 없었다.

지금까지 질주했던 드래곤의 진로가 변경된 것이다.

'제길!'

드래곤이 향하는 곳은 둥지였다.

둥지는 터널 한쪽에 마련된 거대한 공터에 있었다. 드래곤이 처음 나타난 장소로 추측되는 공간. 지금까지 드래곤은 그곳을 지나쳐 달리기만 했다.

그런데 그곳으로 갑자기 방향을 틀다니.

이유는 단 하나일 것이다.

드래곤의 활동 시간이 다 해서.

화산 필드의 팍살라 역시 일정 시간 비행하며 브레스를 뿜어낸 후 자신의 둥지로 되돌아갔었다.

이번 드래곤 역시 그와 흡사하다면, 놈이 갑자기 진로를 변경한 것이 이해가 갔다.

거기까지는 알아차렸지만.

'딸려 가선 안 돼!'

민재는 본능적으로 눈치챘다.

둥지의 바닥에 뚫려 있는 거대한 구멍.

얼마나 깊은 것인지 시커먼 구멍은 끝이 보이지 않을 정도였다.

그곳으로 드래곤이 들어가 버린다면?

해류에 쓸려 맵 끝자락으로 간 자들이 어떻게 되었는지 돌이켜 보면 쉽게 알 수 있는 일.

아마도 죽음, 민재는 아무것도 하지 못한 채 사망하게 될 것이다.

이대로 전진해 드래곤을 잡기엔 시간이 부족했다. 안전을 도모한 후 다음 기회를 노릴 수밖에 없었다.

민재는 거머쥐고 있던 비늘을 놓았다.

탓!

드래곤의 몸이 급속히 멀어짐과 동시에 몸이 물에 휘말리기 시작했다. 좁은 통로를 드래곤이 질주하며 발생한 물살 때문이었다.

파팍! 퍽! 쾅!

'윽!'

통로의 바위에 쿵, 드래곤의 몸에 까지 부딪히자 아찔한 고통이 온몸을 덮쳐 왔다.

물속이라 균형을 잡을 수도 없이 사방이 빙빙 도는 가운데 고통만 느껴지니 미칠 노릇이었다. 하나 그것도 잠시.

콰르르륵!

드래곤의 머리가 지하에 뚫린 구멍으로 빨려 들어가더니, 곧이어 몸 전체가 구멍 속으로 사라져 갔다.

그 때문에 물살이 더욱 거세어졌다. 자칫하다간 구멍으로 딸려 들어가 버릴 것만 같았다.

미니맵을 주시하던 민재는 급히 팔을 뻗었다.

팍!

돌벽에 툭 튀어나온 모퉁이를 잡고는 악착같이 버텼다.

파드득!

발아래에 진공청소기라도 있는 것 같았다. 손아귀에 힘을 바짝 주며 몸이 쓸려가는 것을 필사적으로 막자 거센 물살은 씻은 듯 사라졌다.

드래곤이 구멍 속으로 완전히 사라지고 만 것이다.

'후우.'

자칫하면 죽고 말았을 터.

이익을 보지도 못했고 몸은 만신창이가 되어 버렸지만, 그래도 목숨은 건졌다.

드래곤을 잡았다면 골드 획득은 물론이고 경험치도 많이 얻었겠지만, 놈을 놓쳐 버렸으니 이미 헛물.

민재는 즉시 귀환 주문을 사용했다.

그러며 전장을 살피니 죽었던 자들이 하나둘씩 살아나고 있었다. 아군은 물론이고 적마저 전멸에 가까운 타격을 입었을 터. 미니언까지 죽어 버렸기에 전장은 한산할 정도였다.

은발 남자와 그 일행 역시 드래곤의 브레스에 맞아 죽어 버린 듯했다.

챔피언 리스트를 보자 분노가 치밀어 올랐다.

동료들의 뒤를 쳐 전멸시키다니.

이제 놈들은 적이었다. 다시 마주친다면 싸울 수밖에 없을 것이다.

동시에 의문도 들었다.

갑자기 왜 공격을 감행했을까?

이 전장은 적과 싸워 이겨야만 무사 귀환이 가능한 시스템이다. 아군이 한 사람이라도 더 많아야 유리해지는 게임인 것이다. 이 법칙을 무시하고 적대 행위를 했다는 것은 민재 일행이 없더라도 전장에서 승리할 자신이 있기 때문이 아닐까?

그렇다면 놈에게는 비장의 한 수가 있을 것이다.

이제는 100명 가까이나 불어난 대인원과 적대하기도 벅찬데 숨겨진 힘이 존재하다니.

이유야 어찌 되었든, 민재의 존재가 놈에게는 엄청난 위협이 되는 수밖에 없었다.

놈들이 되살아나면 다시 공격해 올 것이 빤했으니까.

적대하지 않았다면 모를까, 이미 일이 벌어져 버렸기에 끝을 봐야 하는 것이다.

그러니 한시라도 빨리 귀환해야 했다.

놈들보다 동료들이 먼저 죽었으니, 되살아나는 것 역시 빠를 터.

약간의 시간차가 있는 동안 동료들을 규합해 신전을 빠져나가야 했다.

만약 늦어 버리게 된다면, 민재와 동료들은 본진에서 거대 길드와 생사를 둔 격전을 벌이게 된다.

숫자가 딸리니 승리를 장담할 수 없다. 이기더라도 큰 희생이 따르게 될 것이다.

놈들을 섬멸할 방법은 일단 몸을 피한 후 생각해도 늦지 않을 터.

'빨리.'

8초간의 귀환 주문 시간이 너무나도 느리게만 느껴졌다.

그런 생각을 하는 사이 귀환 주문이 완성되었다.

파파팟!

순식간에 주변의 풍경이 변하더니, 곧이어 민재는 수중 신전 위에 서 있게 되었다.

죽었던 아군 대다수가 막 되살아나고 있는 시간대라 신전은 북적북적했다. 온갖 모습이 기괴했지만 이는 이미 적응이 된 상황.

그러나 그들이 하는 행동은 익숙하지 않은 것이었다.

"드래곤과 맞서다니, 대단하군."

주변에 있는 유저의 무리 중 대다수가 이쪽을 바라보고 있었다.

그들 중 리더로 보이는 자 몇이 다가왔다.

"랭크가 어떻게 되오?"

개처럼 생긴 자가 물었다.

"알려 줘야 합니까?"

"아니오, 실례를 범했다면 사과하겠소."

그는 모자를 벗어 인사를 하더니 다시 입을 열었다.

"우리는 살아 돌아가고 싶소."

"그렇다!"

곤충과 괴물들.

그들은 초조한 기색이 역력한 얼굴로 말을 쏟아 내기 시작했다.

"이 전장은 지옥이다! 신은 우리를 죽이려 한다! 엿 먹이려면 살아야 해!"

"해류에 당하지 않으려면 수중 동굴로 들어설 수밖에 없소. 그러나 그곳엔 드래곤이 있지. 우리가 살아나려면 드래곤을 죽이는 수밖에 없소, 적과의 전투는 그다음이오."

"드래곤을 처치해 준다면 당신의 지휘를 따르겠다!"

곤충이 소리치자, 상당수의 유저가 고개를 끄덕였다.

민재가 물었다.

"무슨 뜻입니까?"

"당신은 저 길드와 적대적이다. 싸우면 진다. 우리가 도우면 지지 않는다. 도움을 받고 싶으면 드래곤을 잡아라!"

곤충의 외침에 개가 맞장구를 쳤다.

"저들의 강압적인 행태에 우리도 불만이 생기던 참이었소. 저 작자는 불화를 일으키는 스킬을 가진 것이 틀림없소."

민재에 주위에 몰려든 자들은 60여 명.

이들은 은발 남자의 거대 길드를 두려워하고 있었다.

그가 몇 개의 파티를 내분시키고 흡수하며 덩치를 불리고 있었기 때문이었다.

이곳에 있는 자들 중 상당수는 거대 길드에게 파티 구성원을 빼앗겼다. 불만이 없을 수가 없었다.

파티원이 무사한 자들도 불안을 느꼈으리라.

이대로 가다간 해류에서 살아난다고 해도 거대 길드에게 먹혀 버릴 수 있으니 말이다.

그러니 반 길드 연합이라도 구성해 생존을 도모하려는 것일 터.

하지만 이해가 가지 않는 것이 있었다.

"굳이 제가 아니더라도, 드래곤은 누구나 잡을 수 있을 텐데요."

민재가 했던 것처럼, 놈에게 올라탈 수만 있다면 어떻게든 드래곤 사냥이 가능했다. 비록 큰 희생이 따르겠지만 저들이 민재에게 굽히고 들어올 이유가 없는 것이다.

그 순간, 화아악!

죽었던 동료들이 하나둘씩 되살아나기 시작했다.

가장 먼저 사망했던 퐉살라, 뒤를 이어 비누엘과 미냐세들이 살아났다.

개가 퐉살라를 힐끔 쳐다보더니 말했다.

"그대는 드래곤을 소유하고 있지 않소."

그 말에 이해가 갔다.

거대 길드의 대항마이자 제2세력의 중심으로 민재가 선택된 이유는 퐉살라의 존재 때문이었다.

수중 드래곤의 돌격은 무시무시하다.

그 돌격에서 일반 유저가 살아남을 수 있을까? 퐉살라가 충격을 줄여 주지 않으면 드래곤을 잡기란 불가능에 가까운 일일 터.

"뭉치는 것이 좋을 듯합니다."

우르자가 말했다.

그녀는 죽었지만, 민재와 유저들이 나누는 대화는 전체 채팅이라 모두 듣고 있었던 모양.

그녀의 표정은 굳어 있었다.

다른 동료들을 보니 좋지만은 않다. 거대 길드에게 뒤통수를 맞아 분해하고 있는 것이리라.

"좋습니다."

민재는 손을 내밀었다.

이들의 도움이 있다면 거대 길드도 함부로 이쪽을 공격하지 못할 것이다. 양자 간에 싸움이 일어나면 모두가 큰 손해만 보게 되니 말이다.

척!

개가 다른 유저들을 대표해 손을 잡았다.

이로써 민재 일행의 규모는 70여 명, 거기에 수가 30이 넘는 프리 미니언까지.

이제는 100명이 넘어서는 거대 길드에 비하면 다소 부족한 수였지만 대항할 정도는 되었다.

그 순간.

파파팍!

신전에서 빛이 뿜어지며 죽었던 자들이 되살아나기 시작했다.

이들은 수중 동굴에서 드래곤의 브레스에 맞고 사망했던 자들.

거대 길드의 구성원들이었다.

"음!"

선두에 선 은발 남자가 검을 움켜쥐었다. 그러자.

척!

개와 곤충이 민재의 옆에 섰다.

"이미 들었으리라 믿소."

"공격하면 다 죽여 버린다!"

은발 남자는 무서운 눈빛으로 민재를 쏘아보며 몸을 부르르 떨었다.

"후우…… 진격한다!"

놈들은 곧 돌아섰다.

척척척.

그들은 무리를 지어 이동하기 시작했다. 엄청난 수가 동시에 이동하니 절로 위압적인 기분이 들었다.

적대하게 되었다고는 하지만 저들은 아군.

적이 살아 있는 한 스스로 목줄을 죄는 행동을 하지 않을 것이다.

그들이 신전을 벗어나는 것을 잠잠히 지켜본 민재는 뒤돌아서며 말했다.

"아이템을 사고, 밖으로 이동하죠."

민재는 봇라인으로 연합군을 이끌었다.

그러며 미냐세와 샤나를 살폈다. 이제는 둘 다 물에 적응했는지 행동에 무리는 없었다.

민재는 천천히 이동하며 미니맵을 살폈다.

신전에 머무르는 자는 없었다. 해류의 공격은 신전을 비켜나가지 않으니 생존 확률을 높이기 위해선 조금이라도 빨리 적진을 부숴야 하는 것이다.

적들도 같은 생각인지 전장의 전투는 한층 더 격렬했다. 곳곳에서 심심찮게 충돌이 일어났다. 다들 한시라도 빨리 이곳에서 벗어나고 싶은 게 분명했다.

그러한 전장의 주요 세력은 거대 길드였다.

그들은 미드라인을 공략하는 중. 포탑 두 개를 무너뜨렸기에 그들은 벌써 적 본진의 앞까지 당도한 상태였다. 새로이 가맹한 자들을 방패막이로 앞세워 억제기 앞의 포탑을 공격해 나갔다.

적의 저항은 의외로 약했다.

거대 길드의 수가 너무 많은 점도 이유였지만, 애초에 포탑을 방어하는 적의 수가 너무 적었다.

대다수의 적은 탑과 봇라인을 공략하고 있었다.

방어는 도외시하고 아군의 넥서스를 노리는 작전일 터. 해류에 대한 공포가 그들을 치킨게임으로 인도한 것이리라.

"어디로 향할 것이오?"

비누엘이 물었다.

민재는 냉철하게 전장을 파악했다.

"미드라인으로 갑니다."

"저들을 돕겠다는 뜻이오?"

"네."

다음번 해류까지는 아마도 10분.

그 시간 동안 어떻게 해서든 적의 넥서스를 파괴시켜야 했다.

그러지 못하면 다시 수중 동굴로 도망치게 될 것이고, 다시 드래곤과 일전을 벌여야 할 것이다.

시간 내에 드래곤을 처치하지 못하면, 브레스에 당해 모두가 죽게 될 터.

동료들은 이미 1데스를 기록했으니, 기회는 결코 많지 않았다.

"진격!"

민재는 연합군과 미드라인으로 전진해 나갔다.

적의 본진까지 향하는 사이, 탑라인과 봇라인의 포탑이 하나씩 무너졌다.

적의 공세가 그곳에 집중되었기 때문이었다.

반면 미드라인의 공성은 지지부진했다.

적의 저항이 약하다고는 하나, 공성이 결코 쉬운 일은 아니었기 때문이었다.

그때 민재가 당도했다.

"바로 공격!"

팍살라를 앞세우고 포탑의 사정거리 안으로 달려갔다.

은발 남자는 물론이고 그의 일행마저 기이한 눈빛으로 민재를 쏘아보았다.

도움을 줄 거라 생각하지 못했던 것일까?

민재는 그들에게 신경을 끄고 공성을 지속했다.

두 거대 세력이 연합하여 공성을 시도하자, 적들은 저항을 포기하고 뒤로 물러났다.

대적하기엔 전력 차이가 너무나도 커서인 것이다.

[포탑을 파괴하였습니다.]

"바로 억제기를!"

두 세력의 공조에 억제기까지 무너지는 것은 순식간이었다.

이제 남은 것은 두 개의 포탑과 넥서스뿐.

운이 좋다면 해류가 닥치기 전에 승리를 거머쥘 수 있을 것이다.

그러나 적이 가만히 있지 않았다.

"크학! 마쉬라스! 두움!"

누군가의 소리침과 함께 넥서스 옆의 강화 포탑에 적의 숫자가 늘어나기 시작했다.

탑라인과 봇라인에 맹공을 가하던 적들이 급히 회군한 것이다.

"제길! 대치합니다!"

아군은 포탑의 사정거리 밖에서 적과 대치하기 시작했다.

적의 수가 만만치 않았다.

급히 다른 라인에 있던 아군이 미드라인으로 달려오고 있었지만, 도착까지는 시간이 제법 걸릴 것이다.

해류에서 살아남은 자는 아군이 더 많았다. 모두가 힘을 합친다면 아군의 수가 적을 능가한다.

그리되면 공성이 더욱 쉬워질 터.

그들을 기다리는 동안 하나라도 포탑을 부수면 좋겠지만 적의 전력은 대단히 강력했다.

별 성과 없이 대치를 하고 있으니 아군이 도착했다.

"잠시 대기!"

민재가 소리쳤다.

진형을 갖추고 제대로 된 공성을 하려는 것이다.

하지만.

"돌격!"

은발 남자가 소리쳤다.

즉시 공성을 하려는 모양.

민재가 급히 그에게 말했다.

"지금 공격하면 피해가 커지기만 할 뿐이야!"

"헛소리! 시간이 남아도는가? 어서 돌격하라!"

거대 길드의 구성원들은 잠시 주춤했다.

누구의 말을 따라야 하는 것인지 몰라 잠시 머뭇거리는 것이다.

하지만 곧 그들은 은발 남자의 지휘를 따랐다.

"돌격하세요!"

붉은 머리카락의 여성이 소리치며 아군을 이끌었다. 100여 명이나 되는 거대 길드가 즉시 공성을 감행했다.

그뿐만 아니라.

"우오오!"

라인에서 합류한 아군들 중 절반이 함성을 지르며 돌격했다.

'제기랄!'

지금 가면 아군의 피해가 엄청나게 커진다.

적진에서 미니언이 재생성 되는 시간이기도 한데다, 강화 포탑의 지원을 받은 적의 수가 상당하기 때문이었다.

민재와 연합군마저 가담한다면 백중지세.

가담하지 않는다면 아군의 필패였다.

"돌격!"

도울 수밖에 없었다.

여기서 돕지 않는다면 전세가 역전될 수 있으니 어쩔 수 없는 것이다.

콰쾅!

함성과 스킬이 난무하며 난전이 시작되었다.

아군과 적이 얽히고 미니언과 프리 미니언이 얽혔다. 포탑이 빛을 뿜고 수백이 동시에 검을 맞대었다.

[아군이 적에게 당했습니다.]

[적을 처치했습니다.]

킬과 데스를 나타내는 시스템 음성이 산발적으로 들려왔다.

민재와 동료들은 단단히 진형을 짠 후 싸우고 있었기에 피해가 없었다.

그러나 아군은 크고 작은 무리로 나뉘어 싸우다 적에게 둘러싸여 죽어 나갔다.

채 3분도 흐르기 전에 포탑 하나가 부서졌다.

적아를 떠나, 양군은 절반 이상이 죽어 나갔다.

생존자는 아군이 많았다.

살아남은 적이 신전으로 되돌아가 체력을 회복하고 다시 달려들었지만, 그뿐.

이미 기울어 버린 승세는 변하지 않았다.

'이길 수 있어!'

깨달은 것은 민재만이 아니었다.

살아서 되돌아갈 수 있다!

아군 전체가 기이한 열망으로 무장하여 공세는 더욱 강해졌다.

남은 포탑마저 부숴 버리려는 찰나.

콰아아악!

갑자기 굉음이 터졌다.

'벌써?'

치가 떨리는 느낌.

또다시 해류가 발생한 것이다.

급히 미니맵을 보니, 이번 해류는 동쪽에서 몰아치고 있었다.

맵에 있는 유저 모두가 적진에 있는 상황.

바로 옆에서 해류가 닥치고 있으니 피할 시간이 있을 리가
없었다.

"민재!"

동료들이 급히 다가왔다.

[이쪽으로!]

팍살라가 급히 다가와서는 발을 바닥에 박아 넣었다.

쿵!

그러나 팍살라의 발은 바닥에 파고들지 못했다. 본진의 바닥
에 깔린 돌은 일반적인 돌보다 훨씬 단단한 것이다.

[이런!]

꽉살라가 급히 고개를 돌렸다. 몸을 고정할 지형지물을 찾았지만 눈에 띄는 것이 없었다.

"대비하세요!"

민재는 급히 미냐세와 샤나를 붙잡았다.

그 순간.

콰르르르르!

엄청난 수압의 해류가 들이닥쳤다.

"꺄아악!"

"으윽!"

몸을 가눌 수 없었다.

순식간에 급류에 휩쓸려 버린 채 어디론가 밀려가기 시작했다.

이대로 쓸려 가면 죽을 수밖에 없다. 눈을 제대로 뜰 수도 없는 상황이었으나 민재는 미니맵을 살피며 대책을 강구했다.

하지만 이미 늦어 버렸다.

공중에 몸이 붕 떠서는 서쪽으로, 서쪽으로 하염없이 밀려 나가고 있는 것이다.

결국 아무런 행동도 하지 못한 채 민재는 맵의 끝자락까지 밀려날 수밖에 없었다.

[처형되었습니다.]

시스템 음성이 들리며 세상이 회색으로 변했다.

사망 판정. 죽어 버린 것이다.

'으아아아아!'

온통 회색만으로 가득 찬 세상에서 민재는 고함을 질렀다.

그리곤 메뉴창을 살폈다. 동료들은 물론이고, 아군 전체가 시커먼 회색빛.

전멸이었다.

3데스를 당한 자는 이제 400여 명.

민재는 1데스를 기록했으나 동료들은 2데스.

이제 한 번만 더 죽게 되면 끝이었다.

'이딴 식이라니! 이게 게임이냐!'

민재는 전장을 만든 신에게 맹렬한 분노를 느꼈다.

결코 살아 돌아갈 수 없는 지옥을 만들어 놓고선 놈은 무슨 짓을 하고 있을까?

머리가 폭발할 정도였다.

'냉정해지자!'

민재는 심호흡을 크게 한 후 머리를 식혔다.

적 역시 전멸했을 것이다.

그만큼 해류는 갑작스러웠다.

이제 아군은 100여 명. 반면 적은 50도 되지 않을 것이다.

전력차는 오히려 커진 것이다.

불행 중 다행이라고 해야 할까? 이번에 되살아나 공성을 진행한다면 손쉽게 승리를 거머쥘 수 있으리라.

하지만 걸리는 것이 있었다.

'첫 번째는 시작하자마자. 두 번째 해류는 10분. 세 번째는

7분이었어.'

간격이 점점 짧아지고 있었다.

다음 해류는 5분 만에, 어쩌면 그보다 더 짧은 시간 내에 발생할 것이다.

되살아난 후 아군을 규합해 적진까지 달리는 데 약 2분, 남은 3분 동안 적의 방해를 물리치고 넥서스를 무너뜨릴 수 있을까?

'어려워.'

방법은 단 하나뿐.

'수중 동굴에서 네 번째 해류를 피하고 바로 적진으로 달린다.'

드래곤이 브레스를 사용하기 직전까지 버티다 수중 동굴을 탈출하는 수밖에 없었다.

쉬이익!

바람 소리와 함께 세상이 제 빛을 되찾았다.

되살아난 민재, 그리고 동료들.

민재는 팀 채팅으로 전략을 말해 주었다.

"수중 동굴에서?"

비누엘이 턱을 쓸었다.

"가능할 것 같나요?"

"될 것이오, 다만 해류는 거듭할수록 커지는 것이 문제이오."

첫 번째는 한 번으로 끝났지만, 두 번째는 해류가 2연타로 들이닥쳤다. 세 번째가 3연타였으니, 이번에는 4연타일 것이다.

그만큼 수중 동굴에서 보내야 하는 시간이 길어진다. 생존 확률이 줄어드는 것이다.

"드래곤을 어찌하려 하오?"

"죽이는 수밖에요."

시간상 4연타까지 버티는 것은 불가능했다.

드래곤은 그전에 브레스를 사용할 것이기에.

동료들이 살아 돌아가려면 드래곤을 처치하는 방법뿐인 것이다.

"가능하겠소?"

"팍살라가 도우면 될 겁니다."

[난 죽어도 상관없다는 뜻인가?]

팍살라가 기분 나쁘다는 얼굴로 말했다.

"어쩔 수 없잖아, 드래곤은 드래곤이 상대해야지."

팍살라는 민재가 3데스 당하지 않는 이상 몇 번이든 되살아날 수 있는 프리 미니언. 다시 죽더라도 그의 안전엔 이상이 없었다.

[드래곤? 웃기는군. 소리 지르고 달릴 줄만 아는 저딴 구렁이와 날 같은 선상에 놓다니.]

그가 웃었다.

[좋아, 상대해 주지.]

"고마워."

[감사할 필요는 없다. 구렁이에게 진짜 드래곤의 힘을 보여 주고 싶을 뿐이니.]

"가죠."

민재는 연합군을 규합했다.

인원은 반 이상 줄어들어, 민재 일행을 합해도 20여 명밖에 되지 않았다. 전체 채팅으로 전략을 말하자 그들은 동의했다. 다른 방법이 없었다.

이동을 시작하자, 거대 길드가 조용히 뒤를 따랐다. 수는 50여 명.

그들이 뒤를 친다면 이쪽은 패배할 수밖에 없었다.

다행히 적의는 보이지 않았다. 전체 채팅으로 민재의 전략을 듣고 묻어가려는 의도일 것이다.

은발 남자가 마음에 들지 않는 민재였지만 그들의 행동을 막을 생각은 없었다. 드래곤을 잡은 후의 넥서스 공략에는 그들의 도움이 필요한 것이다.

천천히 전진한 아군은 수중 동굴로 들어섰다.

그리곤 적진과 가장 가까운 입구 쪽으로 이동해 나갔다. 그곳에서 버틴 후 바로 적진으로 돌격하기 위해서였다.

그러던 때.

"적이다!"

누군가가 소리쳤다.

통로의 앞에 적이 나타난 것이다.

보이는 숫자만 이미 수십. 모든 적이 수중 동굴로 들어선 것이 분명했다.

"전략을 눈치챘나!"

연합군의 곤충이 소리쳤다.

"아니요, 적들도 같은 생각을 했을 겁니다."

본진에 있더라도 죽는다. 신전 역시 마찬가지.

적 역시 수중 동굴에서 해류를 피할 수밖에 없는 운명이었다.

"대기!"

"돌격!"

민재와 은발 남자가 동시에 소리쳤다.

연합군은 물론이고 거대 길드마저 움찔했다.

"내 말을 따라라! 돌격!"

은발 남자가 소리쳤다.

하지만 이번엔 누구도 그의 말을 듣지 않았다.

"무슨 짓이냐! 돌격하란 말이다!"

"너무 이기적이군요."

붉은 머리의 여성이 말했다.

"뭣이?"

짜악!

남자가 따귀를 때렸다.

여성은 조용히 말했다.

"내 딸을 개처럼 부리는 것까진 용서하죠. 그러나 더는 당신의 지휘를 받지 않겠습니다."

"맞소! 당신보단 저자가 차라리 낫군! 그는 드래곤 사냥이라도 하려 하니!"

길드원들이 원성을 쏟아 내기 시작했다.

억눌러왔던 불만이 터진 것이다.

희생을 발판으로 승리만 부르짖었던 그.

결과는 무수한 죽음과 암담한 미래였다.

지금 상황에서 유일하게 믿을 사람은 민재뿐.

드래곤을 잡을 수 없다면 모두가 죽고 말리라는 것을 잘 알고 있는 것이다.

"이런 배은망덕한 년이!"

은발 남자가 칼을 뽑았다.

차창!

여성 역시 무기를 빼 들었다.

"이제 와서 목숨이 아깝겠어요? 후우, 지원을 빙자한 노예계약이라는 것을 진작 알아차렸어야 했는데……."

회한이 가득한 목소리.

여성뿐만 아니라 다수가 무기를 들고 은발 남자와 대치했다.

그러나 대다수는 은발 남자의 편에 섰다.

그들 역시 표정이 좋지는 않았다.

그러면서도 그를 도왔다. 뭔가 약점이라도 잡힌 것이 분명했다.

거대 길드의 분열.

좁은 통로 안에서 아군은 여러 개의 파벌로 나누어졌다.

다행히 적은 급습하지 않았다.

사나운 눈길은 변함이 없었지만 행동으로 보건대 이쪽이 어떻게 반응하는지에 따라 달리 대응할 생각이리라.

적아를 떠나, 살아남은 대부분의 유저가 2데스인 상태.

여기서 맞붙는다면 그들 역시 무사하지 못하리란 것을 알아차리고 교전을 피하는 것이다.

그렇게 대치가 이루어지고 있는 차.

중립에 선 자들이 민재를 보더니 말했다.

"우리는 드래곤을 잡은 자의 편에 서겠소."

그 말에 은발 남자가 화를 냈다. 그러더니.

처억!

남자는 오른팔을 들어 올렸다.

그러나 그가 할 수 있는 일은 없었다.

그의 스킬은 내분.

불화를 일으키는 데엔 뛰어났지만, 불화를 잠재우는 것은 스킬로 어찌할 수 없는 것이다.

"이것들이……."

결국 그는 으르렁거리듯 이를 갈더니 외쳤다.

"좋다! 그딴 드래곤 얼마든지 잡아 주지!"

그가 외치는 순간.

콰르릉!

굉음이 터지며 또다시 해류가 발생했다.

이번엔 북쪽부터.

"으아아!"

적들은 물론이고 아군 모두가 불안에 떨었다.

그들은 서둘러 사방으로 흩어지기 시작했다. 해류가 발생했으니 곧 드래곤이 출몰할 터.

놈의 질주로에 있다간 죽고 말 것이니 몬스터의 둥지로 피난을 가려는 것이다.

"우리도 이동하죠."

민재는 동료들을 이끌고 차분하게 움직였다.

가까운 둥지는 다른 이들이 차지했기에 조금 돌아가야 했다.

그러다 보니 적당한 크기의 둥지가 나타났다.

급히 사냥을 마친 민재가 소리쳤다.

"모두 안으로!"

미냐세를 필두로 유저들이 둥지로 피신을 하자, 터널엔 민재와 팍살라, 프리 미니언만이 남게 되었다.

그들의 임무는 단 하나.

인간 방패가 되어 드래곤의 돌격을 조금이라도 늦추는 것.

"으윽."

릴리엘이 어깨를 움츠렸다.

그녀와 헤링엘은 이번이 첫 전장이었다. 둘 다 바짝 긴장한 상태로 시커먼 통로 저쪽을 바라보았다.

"싫으면 하지 않아도 좋다."

비누엘의 말했다.

표정이 좋지 않았다. 아비 된 자로서 어찌 걱정되지 않겠는가?

그러나 달리 방법이 없었다.

"하겠어요!"

"저도 돕겠습니다."

릴리엘과 헤링엘이 주먹을 움켜쥐었다.

"옵니다."

우르자가 말했다.

크아아아아아!

물이 미친 듯 요동치기 시작했다. 드래곤이 이쪽으로 오고 있는 것이다.

"우르자, 거미부터."

"가랏!"

우르자의 지시에 거미 세 마리가 움직였다.

통로에 새겨진 요철에 다리를 단단히 고정하더니, 곧이어 땅을 박차듯 앞으로 쏘아진 것이다.

그 순간.

쿠르르르르!

콰아앙!

물이 폭발하듯 밀려듦과 동시에 거대한 것이 들이닥쳤다.

입을 벌리고 통로를 가득 메운 채 질주해 오는 드래곤.

콰직!

놈은 거미 셋을 순식간에 부숴 버렸다. 속도는 조금도 줄어들지 않은 상태.

"크앙!"

2차는 미냐세의 곰 셋과 체계계의 곰 한 마리였다. 포효를 지르며 달려들었지만 그뿐.

콰직!

단번에 튕겨 나가며 죽어 버렸다.

다음은 호문클루스와 사령술사, 릴리엘과 헤링엘이었다.

"하압!"

"끼리릭!"

그들은 달려들며 스킬까지 사용했다.

마법 공격과 화살이 쏘아지며 태클까지 걸었지만, 드래곤은 그 모든 공격을 이겨 냈다.

그 뒤는 아군의 프리 미니언이었다.

40에 가까운 프리 미니언들이 줄지어 서서는 드래곤에게 돌격을 감행했다.

그러나, 콰직!

그들의 돌진은 큰 효과를 내지도 못했다.

[내 차례군!]

카르릉!

팍살라가 마지막으로 달려들었다.

그는 대포처럼 쏘아지며 몸을 비틀었다. 정면이 아닌 비켜 나가듯 부딪히며 공격을 감행하는 것이다.

붉은 주둥이가 벌어지며 시커먼 것에 대항하는 순간.

쑤아악, 콰직!

두 주둥이가 맞물리더니 소음이 터져 나왔다.

카아앙!

드래곤의 울부짖음과 동시에 팍살라의 거대한 몸이 종잇장처럼 찌그러졌다.

그 역시 드래곤의 돌격을 이기지 못하고 사망.

하지만 꽉살라의 공격은 효과가 있었다.

미칠듯 질주하던 드래곤의 속도가 눈에 띄게 줄어든 것이다.

민재는 그때를 놓치지 않았다.

탓!

망설임 없이 점프해 드래곤의 아가미를 잡았다.

'됐어!'

슈와악!

느려졌던 드래곤의 몸이 갑자기 빨라지며 엄청난 압력이 민재의 몸을 짓눌렀다.

'으윽!'

금방이라도 손을 놓칠 것만 같았다.

그러나 이 기회는 모두의 희생으로 마련된 것이기에 포기할 수 없었다.

쿠르르르르!

드래곤은 순식간에 엄청난 거리를 질주했다.

둥지로 숨어든 자들을 스쳐 지나가는 것은 찰나.

수압을 이기며 한 뼘씩 전진하던 중, 괴상한 것이 드래곤의 진로를 막아섰다.

크르르르!

기괴한 모습의 괴물.

한 마리가 아니라 다수였다.

그들은 사나운 기세로 수중 동굴의 통로에 서서 몸을 움츠렸다.

뜀뛰기를 하기 직전의 자세.

드래곤에게 달려들려는 것이 분명했다.

'프리 미니언?'

적도 민재와 같은 생각을 한 모양.

'제기랄!'

민재는 급히 드래곤을 때려 체력을 빼앗을 후 양손으로 비늘을 움켜쥐었다. 그러자.

콰앙!

프리 미니언들의 돌격이 시작되었다.

목숨을 도외시하고 그들은 드래곤에게 달려들었다.

수는 무려 30.

수는 결코 많지 않았으나 드래곤의 속도가 많이 줄어든 상태에서 시작된 공격이었기에 효과는 충분했다.

조금이긴 하나 격돌이 거듭될수록 드래곤의 속도가 점차 줄어들었다.

이것이 민재에겐 손해였다.

크아앙!

드래곤이 울부짖으며 몸을 비틀었다. 그 때문에 민재는 벽과 부딪히며 큰 통증을 느꼈다.

그러던 때.

탁!

뭔가가 드래곤에게 매달렸다.

미니맵을 살피니, 적이 셋이었다.

민재처럼 드래곤을 사냥하려는 것일 터.

민재보다 뒤쪽에 매달렸기에 위치는 좋지 않았다. 발로 차 버리면 그들을 떨어뜨릴 수는 있으리라.

그러나 민재는 그들을 놔두었다.

지금은 적과 합심해서라도 드래곤을 잡아야 할 때였다.

탁!

민재는 다시 손을 뻗어 드래곤의 턱으로 나아갔다. 쉽지는 않았다. 벽과의 부딪힘을 이기고 수압까지 견디며 전진하기란 결코 쉬운 일이 아닌 것이다.

콰앙!

드래곤이 몸을 비틀자 적 하나가 벽과 부딪혔다. 충격을 이기지 못한 그는 드래곤에게서 떨어져 나갔다.

'조금만 더!'

민재는 다시 한 뼘 전진했다.

그러며 미니맵을 살피니, 수중 동굴 밖은 2차 해류가 맵 전체를 집어삼키고 있었다.

아직은 시간이 있었다.

드래곤이 맵을 두 바퀴 돈 시점.

고개를 들자 난데없이 불기둥이 날아왔다.

불기둥을 쏜 자는 적.

그들은 공격 스킬을 날리곤 다시 둥지로 숨어들었다. 그런 자들이 한둘이 아니었다.

민재는 다시 몸을 웅크렸다.

드래곤이 몸을 비틀자 벽과 부딪히는 횟수가 늘어났다. 가끔 은 민재가 공격 스킬을 대신 맞았다.

'윽!'

도움은커녕 방해만 되고 있었다.

그것을 이겨 내며 민재는 드래곤의 턱까지 진출했다. 거기에 박혀 있는 붉은 구슬이 보였다.

바로 드래곤의 약점.

주먹을 움켜쥔 민재는 기다리지 않고 그것을 내려쳤다.

카아앙!

드래곤이 괴성을 지르며 몸부림이 더욱 거세어졌다.

민재의 뒤를 따르던 적 하나가 충격을 견디지 못하고 또 떨 어져 나갔다.

이제 남은 자는 하나.

사마귀를 닮은 그는 민재의 발밑까지 따라왔다. 그러더니 손 을 뻗어 민재의 발목을 움켜쥐었다.

그러곤, 파악!

난데없이 민재의 발을 당겨 버렸다.

'윽!'

자칫하면 떨어질 뻔했다.

"뭐하는 짓이야!"

"카카캇!"

놈의 눈에서 탐욕이 엿보였다.

드래곤을 잡게 되면 얻게 될 보상을 노리는 것이리라.

민재가 할 수 있으니, 그도 할 수 있다고 믿는 모양.

경쟁자인 민재를 처치하고 드래곤을 차지하려는 것이 적의 의도이리라.

'제기랄!'

사방이 적뿐이라니!

민재는 한쪽 발을 들어 사마귀를 공격하는 동시에 드래곤의 약점을 공략해 나갔다.

그러던 차에.

또다시 문제가 발생했다.

구으으으!

드래곤이 질주하는 통로 저편에 누군가가 서 있는 것이다.

"죽여 주마!"

은발 남자였다.

그는 미친 듯 웃으며 주먹을 내밀었다.

그러자 그의 반지가 기이한 빛을 발했다.

번쩍!

눈이 시릴 정도로 밝은 빛이 뿜어지며, 거대한 뭔가가 터져 나오듯 통로에 나타났다.

그것은 은색의 거체.

날렵한 외양의 드래곤이었다.

'드래곤?'

민재는 피가 식는 기분이었다.

놈이 자신만만한 이유가 무엇인가 했더니.

'드래곤을 소유하고 있다니!'

민재가 얻은 보상은 희귀등급 스킨, 높은 반지 아이템을 얻은 것이리라. 그것도 드래곤을 소환할 수 있는.

그아아!

은색 드래곤이 입을 벌리며 달려들었다.

콰앙!

두 드래곤이 격돌하며 어마어마한 충격파가 발생했다.

그것이 주는 데미지는 엄청났다.

발목을 잡고 있던 사마귀가 단번에 죽고 만 것이다.

민재 역시 체력이 순식간에 뚝 떨어져 빈사 상태가 되고 말았다.

다행히 민재는 드래곤의 체력을 일부 빼앗은 상태. 체력이 뻥튀기된 처지라 죽지는 않았다.

하지만 민재는 드래곤에게서 떨어지고 말았다.

너무나 큰 충격을 받아 버틸 수 없었기 때문이었다.

'윽!'

물살에 쓸려 나가듯 떨어져 나오는 도중에 뭔가가 눈에 들어왔다.

"으하하핫! 드래곤은 내 차지다!"

세상을 다 가진 듯 소리치는 은발 남자.

그는 드래곤의 턱에 매달린 후였다.

민재는 떨어졌는데 그는 붙다니.

콱!

급히 돌 벽을 잡아 몸을 가누었지만, 분했다.

민재의 공격으로 드래곤의 체력이 상당히 저하되었으니, 놈은 공격 몇 번으로 드래곤을 잡을 수 있을 것이다.

실로 어부지리만 노리는 자이지 않은가?

쾅!

민재는 주먹으로 바닥을 쳤다.

하지만 포기하지는 않았다.

'기회는 아직 있어!'

민재는 두 다리를 일으켜 통로에 섰다.

그리곤 텅 빈 통로 저편을 바라보았다.

속도가 줄어들었다고는 하나, 드래곤은 엄청나게 빠르다. 맵 전체를 도는 데 채 10초도 걸리지 않으니, 이곳에서 기다린다면 곧 다시 만날 수 있을 것이다.

'기회는 단 한 번뿐!'

민재는 마상용 장창을 들어 올렸다.

그리곤 자세를 낮추곤 시커먼 구멍 저편을 응시했다.

그으으!

악마의 비명과도 같은 소음이 울려왔다.

가만히 듣고만 있어도 거대한 무언가가 덮치는 악몽 같았다.

털이 슬슬 일어설 정도의 두려움을 이겨 내며 집중하는 때.

콰아아아아아!

구멍에서 거대한 뭔가가 엄습했다.

엄청난 속도, 드래곤이었다.

슈팍!

민재는 온 힘을 다해 창격을 날렸다.

목표는 드래곤의 턱 아래.

기다란 창끝이 심연을 향해 뻗어 나가는 가운데, 시야에 은발 남자가 주먹을 내려치고 있는 모습이 보였다.

이미 드래곤의 체력은 100이하.

주먹이 약점에 닿는 순간, 드래곤 슬레이어는 그가 되고 말 것이다.

그리고 민재는 패자로 전락하고 말 터.

"으아아압!"

선공을 가하는 자가 곧 승자!

핏발이 서며 가한 공격이 무언가를 타격했다.

콰아잉!

폭발음이 터졌다.

동시에 끔찍한 통증이 날아들어 온몸을 난자했다. 무엇에 당했는지 알 겨를도 없었다.

그저 극심한 고통과 함께 몸이 뒤로 밀리는 느낌만 받을 뿐이었다.

그러나!

[이민재 님이 드래곤을 처치하였습니다.]

[이민재 님이 드래곤 슬레이어가 되셨습니다.]

시스템 음성이 민재의 승리를 알려왔다.

'됐어!'

기쁨의 순간.

"죽어랏, 격타!"

눈을 뜨니, 어느새 은발 남자가 자신의 위에 올라타 있었다. 그는 무시무시한 표정을 짓고 있었다. 핏발이 선 눈동자. 그의 움켜쥔 주먹이 민재의 얼굴로 내리꽂히고 있었다.

아마도 공격 스킬인 모양.

민재는 그것을 피할 수 없었다.

몸은 이미 엄청난 피해를 입고 만신창이가 되어 있었다.

자그마한 충격만 받아도 죽고 말 터.

반격도 불가능했다. 이미 드래곤에게 공격을 마친 상태. 다음 공격까지는 딜레이가 있어 시간이 걸렸다.

이대로 적의 공격에 맞아 죽어야 하는 상황.

그러나 민재에겐 사용치 않은 기술이 있었다.

"탈혼!"

화아악!

사방에서 빛무리가 나타나더니 민재의 몸으로 빨려 들었다. 그 순간.

[온전한 영혼을 훔쳤습니다.]

퍼억!

주먹이 민재의 얼굴에 작렬했다. 단번에 고개가 확 돌아갔다.

"으하하핫!"

은발 남자가 광소했다.

하지만 민재가 다시 고개를 움직이자, 그는 끔찍한 표정으로 물러섰다.

"주, 죽었을 것인데? 어떻게……."

민재는 놈의 아가리에 주먹을 날려 버렸다.

"강탈!"

퍽!

[처형되었습니다.]

시스템 음성이 들리며 놈의 몸이 나가떨어졌다.

이제 3데스, 놈은 살아나지 못할 것이다.

"민재!"

자리에서 일어나니 미냐세가 달려왔다. 뒤에는 동료들이 보였다.

"살았구나!"

파악!

미냐세가 안겨 들었다.

"겨우."

민재가 쓰게 웃었다.

적대적인 스킬을 무시하는 궁극기가 아니었다면 죽고 말았을 것이다.

"힐!"

화아악!

바닥났던 체력이 단번에 차올랐다.

"큰일 나는 줄 알았소."

"다행히 전부 살았네요."

민재는 동료들을 하나하나 살폈다. 죽은 자가 없어 더욱 기뻤다.

해후를 나누는 것도 좋았으나, 시간이 없었다.

5차 해류가 언제 들이닥칠지 알 수 없는 것이다.

"우리는 그대의 지휘에 따르겠소."

아군이 다가왔다.

"좋죠, 그럼 이제 공성하러 가겠습니다."

"좋소이다!"

민재는 아군과 함께 수중 동굴을 빠져나왔다.

조용히 따르는 아군과 전진해 나가자 적의 본진까지는 금방이었다.

그곳엔 넥서스와 하나의 강화 포탑뿐.

지키는 자들은 채 20명도 되지 않았다. 방어조차 적극적이지 않은 그들은 이미 승기가 기울었음을 깨달은 것이다.

"공격!"

민재는 공성을 지시했다.

아군은 거침없이 공격했다.

포탑이 파괴되고 넥서스가 무너지는 데까지는 긴 시간이 필요치 않았다.

결국.

[승리!]

승전보를 알리는 시스템 음성이 들리며, 세상은 회색빛으로 변해 버렸다.

CHAPTER 27
괴수

화아악!

시야가 정상이 되며 영토의 풍경이 눈에 들어왔다.

"후우웁."

민재는 숨부터 들이마셨다.

살아 돌아왔다는 느낌, 폐부 가득 공기를 담고 그 느낌을 만
끽했다.

"수고하셨습니다, 주인님."

프롬이 웃었다.

"못 보는 줄 알았어."

"설마요, 전 주인님을 믿습니다."

"그래?"

민재는 웃으며 메뉴창을 열었다.

촤라락!

분투명한 홀로그램 메뉴창이 펼쳐지자 민재는 게임 후 화면을 클릭했다.

전공은 7킬 1데스 5어시스트.

획득한 골드는 총 1만 1천, 게임 시간은 23분이었다.

[게임성적 A−]

[획득 마테리아 +10187]

'A?'

지금까지 받은 성적 중 가장 높은 점수는 B+.

이번엔 그것을 넘어 A라는 기록을 세웠다.

'짠돌이인 줄 알았더니.'

평가가 박한 신인 줄 알았더니, 의외의 점수가 아닌가?

'킬은 가장 낮은데 A라니. 게임 시간이 짧아서인가? 아니면 유저가 가장 많이 죽어 나간 게임이라서?'

점수를 매기는 방식이 아직도 이해가 가지 않는 민재였다.

그건 그렇다고 치고.

'마테리아가 1만이라니……'

대전 게임에 비하면 지극히 낮은 수입이었다. 그러나 일반 게임인 것을 감안한다면 굉장한 액수였다.

단순히 성적이 좋아서인지, 아니면 게임이 거듭될수록 수입이 많아지는 것인지 감이 잡히지 않았다.

그렇게 성적과 수입에 놀라는 민재였지만, 다른 쪽으로는 실망할 수밖에 없었다.

'영토의 발전은 없군, 랭크 역시.'

이미 너무 많은 발전을 한 탓인지, 더 이상의 발전은 없었다. 더 높은 경지로 나아가기 위해서는 더욱 큰 경험치가 필요한 것이리라.

[욕심이 많군.]

팍살라가 웃었다.

"그런가?"

민재는 팍살라와 사령술사를 지켜보고선 피식 웃었다.

"그래도 이번엔 제법 도움이 되었어."

[헛소리는 그만 하고 전리품을 살펴보는 것이 어떤가?]

"봐야지."

민재는 메뉴창을 클릭해 창고 메뉴를 열었다.

촤악!

물품 리스트가 세로로 길게 펼쳐졌다.

민재는 그곳에서 새롭게 얻은 아이템을 꺼내 들었다.

팟!

단번에 민재의 손 위에 나타난 은색 물체.

은색의 드래곤을 불러내었던 반지였다.

[풍룡 봉인구 — 희귀 등급 아이템]

[삭풍의 지배자? 웃기지 마라. 바람난 날벌레 따위가 감히 이 몸에게 도전하다니. 평생 좁은 공간에 갇혀 한숨이나 지배하도록. 크하하!]

[효과 : 풍룡을 소환할 수 있다. 재사용 대기시간 7200초.]

"뭐야 이건?"

아이템 설명이 기이했다.

드래곤조차 상대할 수 없는 절대자가 만든 반지라도 된다는 것일까?

이해가 가지 않았지만, 사실 설명은 중요하지 않았다.

중요한 것은 반지의 기능.

'풍룡 소환이라……'

민재는 수중 동굴에서 나타났었던 은색 드래곤을 떠올렸다. 강인하게 생긴 팍살라와는 달리 날렵하게 생긴 모습이 인상적이었다.

어떤 일을 할 수 있는지는 알 수 없었으나 2시간이라는 긴 재사용 대기시간을 고려해 볼 때 상당히 강력한 것이다.

게다가 드래곤 소환이 아닌가. 그것도 희귀 등급의.

[사용해 보는 것이 어떤가?]

"그러지."

민재는 반지를 착용했다.

쉬이익!

반지가 빛을 발하며 손가락에 맞게 줄어들었다.

전장의 아이템이 그러하듯 민재에게 맞게 크기가 변경된 것이다.

슥.

민재는 주먹을 앞으로 뻗었다.

그러며 풍룡을 소환하겠다는 생각을 했다. 그러자.

파아아악!

주먹 앞에서 태풍이 휘몰아치는가 싶더니, 곧이어 눈부실 정도로 밝은 빛이 뿜어지며 뭔가를 토해 내었다.

두둥.

민재는 고개를 들어 올렸다.

빛무리가 눈처럼 흘러내리는 가운데, 허공에 멈춰 서 있는 거대한 물체가 시야에 들어왔다.

그것은 은빛의 드래곤.

크고 날카로운 날개와 한 쌍의 뿔, 날렵한 외모를 가진 모습의 드래곤이었다.

그는 고고한 자태로 민재를 내려다보고 있었다.

[무슨 일로 나를 불렀는가?]

처음 듣는 음성이 머릿속에 울려 퍼졌다.

곽살라와 동일한 방식. 풍룡의 목소리일 것이다.

"이유가 필요해?"

[물론이지, 후우.]

한숨 비슷한 바람 소리가 들려왔다.

드래곤의 표정에서 왠지 허무해하는 듯한 느낌이 들었다.

[할 일이 없다면 들어가겠다.]

그 말과 함께 드래곤의 몸체가 쪼그라들기 시작했다.

반지 속으로 되돌아가려는 모양.

"뭐? 잠깐! 물어보고 싶은 게 있어!"

[말하라.]

작아지던 드래곤이 다시 커졌다.

"네가 어떤 일을 할 수 있는지 정도는 알려 줘야 할 거 아냐?"

[어떤 일이라니? 반지의 소유자들이 원하는 것은 빤하지 않은가?]

"빤하다니?"

[싸움.]

민재는 할 말을 잃었다.

놈을 불러내는 것이야 전장일 것이고, 그곳에서 놈에게 시킬 일은 전투일 것이니, 틀린 말은 아니었다.

하지만 주인이 불렀는데 저런 반응이라니.

[더는 물어볼 것이 없겠지. 귀찮게 자꾸 불러내지 말도록.]

"잠깐!"

슈와악!

드래곤의 거체는 빨려 들어가듯 반지 속으로 사라져 버렸다.

"뭐야, 이놈은?"

제멋대로 들어가 버리다니.

황당할 정도로 말을 듣지 않는 드래곤이 아닌가?

[싸가지가 없는 놈이군.]

팍살라가 코웃음을 쳤다.

민재는 고개를 들어 그를 빤히 쳐다보았다.

"너는?"

팍살라는 민재를 빤히 쳐다보았다.

[나에게 무엇을 바라는가? 태도의 개선을 원한다면 나를 이긴 후에 하여라.]

민재는 숨을 내쉬었다.

'드래곤은 다 이 모양인가?'

그동안 판타지 영화를 보며 쌓아 왔던 환상이 깨지는 기분이었다.

고귀하고 우아한 인품의 드래곤은 다른 차원에나 존재한단 말인지.

[한 마리 더 있지 않나?]

팍살라가 눈썹을 찡그리며 재촉했다.

놈이 바라는 바는 묻지 않아도 명확했다. 이번에 얻게 된 해룡을 구경하고 싶은 모양.

"그러지……."

민재는 메뉴창을 움직여 새롭게 얻은 것을 꺼내 들었다.

그것은 육각형의 판이었다.

색깔은 붉은빛, 재질은 투명했다.

유리인가 싶었지만 커팅이 어찌나 잘되어 있는지 다이아몬드처럼 고급스러웠다.

[해룡의 내단 — 희귀 등급 플러그]

[그만! 함구하시오! 그 존재를 알려 해선 안 되오. 바다 사나이에게 그 존재는 신이자 바다 그 자체요! 아시겠소? 그는 언제나 우리 발밑에 있소. 어젯밤 당신이 계집질하던 소리마저 그

는 들었을 것이오. 뭍에 묻혀 자식 제삿밥이나 얻어먹고 싶다면, 적어도 내 배 안에선 입 다물고 조용히 있으란 말이오.]

[효과 : 장착하면 스킬을 강화할 수 있다.]

'스킬을 강화한다고?'

정신이 번쩍 드는 기분이었다.

사실 스킬을 강화할 방법이 없었던 민재였다.

물론 영토의 시설로 약간의 변화와 강화가 가능하기는 했다.

그러나 그것엔 한계가 명확했다.

동료나 다른 유저들과는 달리, 민재는 스킬을 익혀도 지식을 얻을 수는 없다.

마찬가지로 그들처럼 스킬을 반복 수련해 숙련도를 높이는 것마저 불가능했다.

정보에 대한 패널티로 치자면 너무나도 큰 제재였다.

민재는 이미 최상급의 룬마저 착용하고 있는 상태.

더 강해지는 것은 포기하고 있었는데, 의외의 것에서 해결 방법을 찾게 되다니.

민재는 서둘러 그것을 장착하려 했다.

하지만 방법을 알 수 없었다.

'어떻게 하는 거야?'

이리저리 판을 만지다 보니, 어느 순간 쑥 빨려 들어가듯 판이 사라져 버렸다.

'전투 모드가 되다니!'

눈앞에 펼쳐진 스킬창.

전장에서 사용할 수 있는 스킬은 네모난 칸 속에 가지런히 배열되어 있었다.

그곳 중 하나에 해룡의 내단을 가져다 대자 스며들 듯 내단이 사라진 것이다.

그 이후의 변화는 간단했다.

스킬을 둘러싸고 있는 네모난 칸이 붉은빛으로 변했다.

스킬 설명을 읽어 보니, 붉은 칸 속의 스킬은 대폭 강화된 상태였다.

[강탈 — 액티브 스킬]

[대상을 가격해 60~300(+공격력×3)의 피해를 입히고 아이템을 약탈할 수 있습니다. 약탈한 아이템은 20초간 사용이 가능하며, 아이템의 원주인이 사망하면 그가 부활할 때까지 약탈한 아이템을 사용할 수 있습니다. 재사용 대기시간 4초.]

모든 수치가 2배로 늘어난 것은 물론이고, 재사용 대기시간마저 절반으로 줄어들었다.

'사기군.'

기쁨을 넘어 놀라울 정도였다.

그보다 더 황당한 점은 아이템의 탈착이 전투 모드에서 이루어진다는 점이었다.

전투 중, 언제든 강화시킬 스킬을 재조정할 수 있다니.

한 번 돌입하면 세팅을 바꿀 수 없는 곳이 전장이다. 그러니 이 아이템의 가치는 무지막지했다.

잘만 활용한다면 무쌍.

이런 아이템이 몇 개만 더 있다면 무적의 신위를 선보이리라.

'아쉽군.'

아이템이 하나뿐이라는 점이 너무나도 아쉬웠다.

동시에 기대되고 욕심이 나기도 했다.

다음 전장에서 드래곤을 또 잡을 수 있다면? 민재의 강함은 다른 이를 손쉽게 능가할 것이다.

동시에 걱정이 되기도 했다.

일반 게임의 위험도는 질려 버릴 정도.

회를 거듭할수록 더 위험해지고 있는 만큼, 다음 게임에선 무사히 귀환하지 못할 수도 있으니 말이다.

게다가 이러한 아이템을 다른 이들도 착용하고 있을 수 있다. 민재만 드래곤을 잡은 것은 아닐 테니, 앞으로의 전투는 더 힘겨워질 가능성이 컸다.

'쉽지 않군.'

민재는 메뉴창을 건드렸다.

그러자 창고 항목이 등장했다. 거기엔 마지막으로 살펴볼 전리품이 존재했다.

바로 드래곤의 영혼.

궁극기를 사용해 빼앗은 심해 드래곤의 영혼이었다.

민재는 메뉴창에서 검푸른 색깔의 둥근 구체를 꺼내 들었다.

[그놈을 되살릴 생각인가?]

팍살라가 물었다.

"그래."

영혼은 더 강한 프리 미니언으로 등록이 가능하다.

하물며 드래곤의 것임에야. 더더욱 강력한, 팍살라처럼 강한 프리 미니언이 탄생할 수 있는 것이다.

[말을 듣지 않으면 어찌할 셈인가?]

"그게 걱정이긴 해."

기껏 살려 놨더니 팍살라처럼 말을 듣지 않는다면?

차라리 꺼내지 않는 것이 나을 것이다.

민재는 팍살라를 올려다보며 말했다.

[도와줄 거야?]

만약 해룡이 명령받길 거부한다면, 팍살라의 도움을 받아 교육을 시킬 셈이었다.

[알면서 묻는군.]

팍살라가 웃었다.

돕지 않겠다는 뜻.

"도와주지도 않을 거면서 살려 보라고?"

[재미있을 것 같군.]

민재의 영토가 어찌 되던, 팍살라는 좋은 구경만 하면 그만인 듯했다.

"다음에 하지."

괜히 되살렸다가 말을 듣지 않는다면?

팍살라보다 덩치가 크고 강한 놈이니 아마도 영토는 개판이 될 것이다.

민재는 차마 그럴 수는 없었다.

적어도 팍살라를 이길 정도는 되어야 해룡에게 도전할 수 있으리라.

[끝인가? 재미없군.]

팍살라는 코웃음을 치고는 점프하듯 날아올랐다. 그리곤 자신의 보금자리인 첨탑의 위에 사뿐히 앉아 몸을 둥글게 감았다.

"휴식을 취하시겠습니까?"

프롬이 물어왔다.

"동료들부터 초대해 줘."

"예, 알겠습니다."

민재는 응접실로 천천히 이동했다.

잠시 기다리고 있으니 동료들이 하나둘씩 소환되기 시작했다.

"모두 무사하군요."

"큰일 나는 줄 알았어."

미냐세가 밝게 웃었다. 샤나는 가슴을 쓸어내렸다.

모두 이번 전장에서 살아 돌아온 것이 기적이라고 여기는 것 같았다.

민재는 미냐세의 머리를 쓰다듬어 주고는 자리에 앉았다.

"성과가 있었습니까?"

민재가 묻자 비누엘이 대답했다.

"랭크가 올랐소."

"몇이죠?"

"다이아 4티어이오."

비누엘은 1개가 올랐다.

다른 동료들도 하나에서 두 개의 랭크 상승이 있었다.

추가된 시설에는 큰 특이점이 없었다. 모두 민재가 알고 있는 시설인 셈이다.

다이아 등급은 미냐세와 비누엘, 그리고 우르자.

얼마 전까지 다이아 등급이었던 민재였다.

그때의 민재는 동료들과 엄청난 격차가 있었는데, 이제는 그들이 민재 정도로 랭크가 높아지다니, 상전벽해였다.

물론 민재는 그 이상 강해졌으니 차이는 좁혀지지 않았지만 말이다.

"이번에 얻은 전리품에 대해 알려 드려야겠어요."

민재는 전리품에 대해 말해 주었다.

용을 소환할 수 있는 반지, 스킬을 강화할 수 있는 플러그, 그리고 등록시키지 못한 드래곤의 영혼까지.

"그런 엄청난 일이!"

동료들은 하나같이 놀라움을 감추지 못했다.

드래곤을 처치하기 위해 얼마나 고생을 했던가. 그만큼 강력한 힘이 아군의 것이 되다니.

"잘됐어!"

끄덕끄덕.

미냐세와 샤나는 순수하게 기뻐했다. 다른 이들도 그와 같았다.

"스킨만이 아니라 다양한 보상이 있는 모양이오."

"아마도요."

"기쁜 일이기는 하나, 적 역시 같은 힘을 소유한 채 나타날 것이니, 걱정이구려."

비누엘과 우르자만이 염려를 토해 내었다.

이제 더 강해지지 않아도 좋았다. 지금도 충분히 강한 것이다.

그만큼 전장의 이능은 그들의 세계에서 무지막지할 정도로 위력을 발휘했다.

그러나 전장은 끝나지 않았으니, 그것이 문제였다.

언제 끝이 도래할지 예상할 수 없었으나, 적어도 그날까지는 살아남고 버텨야 할 이유가 다들 한 가지 이상은 있었다.

"휴식하고 내일 다시 만나죠."

"좋소."

동료들은 하나둘씩 귀환했다.

민재는 영토를 벗어나 원룸으로 되돌아왔다.

그리곤 풀썩!

오랜만에 침대에 누워 편히 잠드는 민재였다.

다음 날 아침.

민재는 고블린에게 책을 던져 주고는 수련장으로 향했다.

새로이 얻은 플러그를 이용해 여러 가지 스킬을 강화시켜 보기 위해서였다.

유저 스킬인 강타를 강화하자 파괴력이 무지막지하게 증가했
다.

주먹 한 방에 아름드리나무가 통째로 가루가 되어 버린 것이다.

재사용 대기시간마저 짧아져 활용도도 급증했다.

이런 상태라면 정글의 중립 몬스터뿐만이 아니라 미니언마저
손쉽게 학살할 수 있으리라.

다른 스킬을 강화하자 더 엄청났다.

순간이동 스킬인 점멸의 이동거리가 14미터로 증가한 것은
물론이고, 적이 가진 능력의 20%를 빼앗는 탈취 스킬은 40%
를 빼앗을 수 있게 되었다.

아쉬운 점이 있다면 스킬 재사용 대기시간 중에는 플러그를
뽑을 수 없다는 것.

그래도 충분했다. 이것만으로도 민재가 가진 모든 스킬이 사
기급으로 발전한 셈이니 말이다.

'이 정도면 팍살라를 이길 수 있을까?'

잠시 고민해 보았지만, 아직은 무리였다.

운이 좋다면 아슬아슬하게는 이길 수 있을지도 몰랐다. 하지
만 그래선 팍살라가 굽히고 들어오지 않을 것이다. 이기려면 압
도적인 신위를 선보여야 했다.

"나타나!"

민재는 반지를 착용하고 풍룡을 불러내었다.

비시시…….

놈은 매끈한 모습으로 나타났다.

그러나 전투 중이 아니라는 것을 알아차리더니 금세 반지 속으로 기어 들어가 버렸다.

'이 녀석은 대체……'

민재는 고개를 절레절레 흔들었다.

풍룡의 진짜 힘을 견식하려면 다음 전장에서나 가능할 것이다.

그렇게 이것저것 실험을 해 본 민재는 영토를 벗어나려 했다.

여행하고 있던 이집트.

그곳을 다시 돌아보려 하는 것이다.

지난번 눈여겨보았던 카이로 시내의 골목으로 이동하려는 찰나.

"민재, 집에 갈 거야?"

미냐세가 말을 걸어왔다.

손에는 커다란 봉지를 들고 있었는데, 거기엔 응접실의 과자가 가득했다.

그녀가 어머니에게 줄 선물이었다.

어깨 위에는 샤나가 고양이 스킨을 착용한 채 앉아 있었다.

"그래, 하던 여행이나 계속해 볼까 해서."

"나도 같이 가도 돼?"

"응?"

민재는 두 소녀를 살폈다.

은근히 기대하는 눈빛의 미냐세, 샤나의 눈은 초롱초롱할 정도였다.

둘 다 지구를 구경하고 싶은 모양.

미냐세는 민재에게 지구 이야기를 들었고 또 가 보고 싶다고 말했었기에 이해가 갔지만, 샤나는 왜 이러는지.

'핸드폰 때문인가?'

말할 수 없는 그녀가 의사 표현을 할 수 있게 만들어 준 수단이 바로 핸드폰 어플이었다. 그 때문에 지구를 동경하게 되기라도 한 것일까?

'데려가도 상관은 없겠지.'

사실 구경시켜 주고 싶었다.

그동안 여러 가지 일 때문에 미뤄 왔는데, 이참에 함께 여행을 하는 것도 나쁘지 않겠다 싶었다.

"좋아."

"와!"

─좋아요!

둘은 기뻐하며 서로를 안았다.

"난 스킨을 바꾸고 올게."

미냐세가 말했다.

그녀가 이번에 얻게 된 시설은 의복점이었다.

푸른 피부의 미냐세가 지구에 간다면 너무나 눈에 띌 것이다.

"그래."

"금방 갔다 올게."

─저도요!

쉬리릭!

두 소녀는 즉시 사라졌다.

잠시 후, 다시 나타난 둘은 다른 모습을 하고 있었다.

샤나는 본래의 푸른 머리 소녀로.

미냐세는 인간의 모습이었다. 푸른색이었던 피부는 아기처럼 뽀얀 색으로 변해 있었다.

"민재! 이것 봐, 귀랑 꼬리가 없어졌어."

미냐세가 뒤돌았다.

꼬리는 없었다. 본질은 바뀌지 않았으나 적어도 종족만은 완벽히 인간이 된 것이다.

"어때?"

"잘 어울리네."

이제 지구로 데려가도 문제가 없었다.

어느 누구도 미냐세가 타차원의 이종족이라는 것을 눈치채지 못할 것이다.

"정령은 사람들에게 들키면 안 되니까 숨겨야 해."

끄덕.

샤나가 긴장된 얼굴로 쳐다보자 정령의 모습이 즉시 바뀌기 시작했다. 반투명한 청색이 이리저리 비틀리더니 곧 머리빗처럼 변해 샤나의 머리카락에 고정되었다.

"그렇게도 변할 수 있어?"

끄덕.

이 정도면 플라스틱 빗이나 다를 바가 없어 보였다. 만져 보지 않는 한 눈치챌 수 있는 자는 없으리라.

"그럼 가 볼까?"

민재는 두 소녀를 데리고 영토를 벗어났다.

쉬이익!

이동은 순식간이었다.

눈 깜빡할 사이, 차원과 공간을 뛰어넘어 지구로 와 버린 것이다.

이동한 장소는 남산.

처음부터 빌딩 숲을 보여 줘 충격을 주는 것보다는 도시의 외곽부터 천천히 구경시켜 줄 셈이다.

그래서 산을 골랐더니.

"와아아!"

―멋져요!

둘은 눈이 휘둥그레져 사방을 구경하기 바빴다.

민재에겐 평범한 산속에 불과했지만 두 이계인에겐 전혀 아니었다.

울창한 나무 정도야 민재의 영토나 전장에서도 볼 수 있는 흔한 것이었지만, 그 사이사이로 보이는 빌딩과 시가지는 두 소녀에겐 별천지나 마찬가지였다.

"저건 뭐야?"

"서울, 내가 사는 나라의 수도야."

"저건?"

미냐세가 마구 질문을 해 왔다.

대답하느라 고생은 했지만, 결코 싫은 기분은 아니었다.

둘 모두가 순진한 얼굴로 기뻐하니 설명해 주는 입장에서도 기쁜 것이다.

천천히 산 밑으로 걸어가자 행인들이 멈칫했다.

두 소녀의 외모는 흔히 볼 수 있는 범주를 넘어섰다. 티비 속에서도 보기 힘들 정도라 자연스레 눈길이 가는 것이리라.

기묘한 기분을 느끼며 민재는 둘을 데리고 영토로 이동한 후, 다시 지구로 이동했다.

이번엔 시가지 한복판이었다.

"앗!"

미냐세와 샤나는 자동차를 보더니 눈을 떼지 못했다. 간판이며 옷이며, 민재에겐 흔해 빠진 유리조차 두 소녀에겐 신세계였다.

한참 입을 벌린 채 구경하던 두 소녀는 곧 민재의 팔을 잡았다.

"어지러워."

"잠시 쉴까?"

너무 큰 충격을 받은 것 같았다. 아니면 매연이 익숙하지 않던가.

민재는 원룸으로 이동한 후 주스를 대접했다.

"이건?"

"티비야."

"티비?"

"멀리 떨어진 곳을 보여 주는 장치랄까."

민재는 전원을 켰다.

두 소녀는 마시던 주스도 마다하고 시선을 고정했다.

민재도 그와 같았다.

'토네이도?'

뉴스는 중동의 유전 시설을 비추고 있었다.

엿가락처럼 얇아 보이지만 실제로는 엄청나게 두꺼운 파이프로 구성된 건물, 땅속에 있는 석유를 뽑아 올리는 시설물이었다.

그 건물은 지금 엄청난 크기의 회오리바람에 휩싸여 파괴되고 있었다. 단단한 쇠 파이프가 마치 장난감처럼 휘어져 버릴 정도로 바람이 강했다.

"히익!"

미냐세와 샤나가 급히 뒤로 물러났다.

화면 속인데도 토네이도가 몰아치고 있으니 일단 피하고 보는 것이다.

"괜찮아."

민재는 둘을 안심시켜 주곤 채널을 유아용으로 변경했다.

설명을 듣고도 두 소녀는 잠시간 두려움을 감추지 못했다. 그러나 곧 적응하고 텔레비전 시청을 즐기기 시작했다.

잠시 후 민재는 둘을 데리고 영토로 되돌아왔다.

"굉장했어, 그지?"

끄덕끄덕.

둘은 만족해했다.

"다음에 또 가도 돼?"

"물론이지."

외계인을 데리고 지구로 가는 것이라 조금이나마 긴장을 했던 민재였다.

그러나 아무런 일도 벌어지지 않았다. 조카 둘과 함께 놀러 다닌 기분이었다.

그러니 다음 약속도 OK.

고블린이라면 시끄럽게 굴 것이기에 거절이지만, 두 소녀는 얌전하니 문제없는 것이다.

"이제 갈게!"

미냐세는 민재가 챙겨 준 빵 보따리를 어깨에 짊어지곤 사라졌다. 샤나 역시 기분 좋은 얼굴로 선물을 들고 사라졌다.

"그럼 여행이나 계속해 볼까?"

민재는 즉시 카이로로 이동했다.

사막 투어를 마친 민재는 카이로의 시내로 들어섰다. 지난번에 눈여겨보았던 식당으로 들어서 간단히 식사했다.

그리고 있으니 근처에 앉은 외국인들의 대화가 귀에 들어왔다.

"모래 괴물이 또 나타나다니."

"세상이 멸망할 징조야."

그들은 뉴스를 보고 있었다.

'모래 괴물?'

민재는 텔레비전으로 시선을 돌렸다.

화면엔 또다시 소용돌이가 나왔다. 거센 바람에 유전이 무너지는 모습이 카메라에 똑똑히 잡혀 있었다.

저번에 보았던 화면인가 싶었지만 달랐다. 유전이 지난번과는 다른 곳이었다.

'뭐지?'

미국의 토네이도가 건물을 날리는 모습은 여러 번 보았다. 그러나 중동 지방에서 거대 소용돌이가 일어나 유전을 부수는 광경은 보질 못했다.

외국인들에게 귀를 기울이니, 이번이 벌써 네 번째였다.

우연이 연달아 일어날 리 없는 법.

이상 기후라고 보기에는 뭔가가 걸렸다.

'설마 유저가?'

머리에서 뭔가가 퍼뜩였다. 그러나 민재는 무시했다.

'아냐. 설마….'

부정했지만 그냥 넘어가기엔 마음이 개운치 않았다.

확실히 알아보려면 토네이도를 직접 살펴보는 것이 좋을 터.

'지금 토네이도가 발생한 곳이 카타르라…….'

민재가 있는 곳은 이집트의 카이로. 카타르는 동쪽에 있었다.

민재가 카타르로 한 번이라도 가 보았다면 영토를 이용해 쉽게 이동할 수 있겠지만, 아쉽게도 민재는 카타르로 가 본 적이 없었다.

'비행기? 아냐, 늦고 말 거야.'

지금 예약해서는 늦다.

차라리 다른 수를 강구하는 것이 옳았다.

민재는 급히 계산을 마치고 화장실로 들어섰다. 그리곤 마음 속으로 외쳤다.

'이동!'

파아악!

세상이 한 점으로 빨려 들어가는 느낌과 함께, 민재는 영토 로 이동했다.

푸른 초지가 넓게 펼쳐진 정원의 한가운데.

민재는 그 위에 육중하게 서 있는 거대한 성으로 걸어가며 외쳤다.

"박살라!"

쿠르릉!

첨탑이 흔들렸다.

동시에 그 위에 있는 붉은색이 고개를 내밀었다.

[무슨 일인가?]

"날 좀 도와줘!"

소리치며 민재는 메뉴창을 펼쳤다.

촤롸락!

반투명한 홀로그램이 주변을 뒤덮었다.

민재는 빠르게 아이템 리스트를 검색해 나갔다. 다른 유저가 내놓은 아이템과 스킬, 룬을 거래할 수 있는 거래소.

그곳에서 필요한 스킬을 검색해 나가던 민재는 곧이어 적당한 것을 발견했다.

바로 투명화 스킬.

적 근처에 다가가는 순간 투명화가 풀리는 것은 물론이고, 이동속도마저 줄어들고 마는 싸구려였지만, 지금의 민재에겐 더없이 유용한 스킬이었다.

이유는 셋.

첫째는 유지 시간이 다른 투명화 스킬에 비에 길다는 점.

둘째는 투명화 대상이 자신만이 아니라 범위라는 것.

셋째는 소모하는 것이 마나가 아니라 체력이라는 점 때문이었다.

민재는 즉시 그것을 구매했다.

그리곤 스킬창을 조정했다.

차창!

단번에 민재의 스킬창이 변해 버렸다.

전장에서 자주 쓰던 스킬 셋을 들어내고 투명화와 포영, 창 던지기 스킬을 집어넣은 것이다.

해룡의 플러그는 투명화에 박았다.

그러자 투명화 범위가 대폭 늘어나는 한편, 체력 소모값이 줄어들었다.

[대답도 듣지 않고 준비하는군.]

쾅!

팍살라가 첨탑을 박찼다. 가볍게 날아오른 그는 살쾡이처럼 재빠른 움직임으로 민재 앞에 내려앉았다.

"내가 뭘 할지는 알고 있지?"

팍살라와는 심령이 통하니 말하지 않아도 알 것이다.

[그건 내가 하던 말이 아닌가?]

팍살라가 피식 웃었다.

그리곤 곧 목을 내렸다.

[타라, 용기사여.]

"이럴 때만 용기사야."

민재는 땅을 박차고 뛰어올랐다.

그러며 메뉴창을 조정해 스킨을 바꾸었다.

팡!

순식간에 민재의 모습이 변해 버렸다.

티셔츠를 입었던 남자는 온데간데없이 사라지고, 그 자리엔 온통 붉은빛으로 둘러싸인 기사만이 있을 뿐이었다.

탁!

민재는 팍살라의 목 위로 올라서서는 투구를 내려썼다. 그리곤 그의 뿔을 잡았다.

[방광은 비웠는가?]

"내가 오줌싸개냐?"

[훗, 그럼 오랜만에 날아 볼까?]

팍살라는 나비처럼 느릿하게 날개를 움직였다.

잠시 그러더니, 쾅!

거대한 날개가 쾌속으로 움직여 공기를 압축해 밀어냈다. 그러자 붉은 거체는 빛살처럼 하늘로 쏘아졌다.

쐐애액!

영토를 빠른 속도로 질주하는 화룡.

"투명화!"

민재가 소리침과 동시에, 용과 기사는 공간을 뛰어넘었다.

팡!

세상이 밀려드는 느낌은 스치듯 사라지고, 곧이어 거대한 하늘이 눈앞에 펼쳐졌다.

바로 지구.

민재와 팍살라는 영토에서 카이로의 상공으로 단번에 이동한 것이다.

모습은 이미 투명해진 상태였다. 민재가 보기엔 반투명한 모습이었으나 지구인들은 이 모습을 절대로 볼 수 없으리라.

슈아악!

팍살라의 몸은 동쪽으로 빠르게 질주해 나갔다.

엄청난 스피드, 지구력마저 끝이 없었다.

제약이 많았던 전장과는 판이한 모습이다.

시스템으로 강약이 조정되는 전장이 아니기에 본래의 힘 그대로를 사용할 수 있는 팍살라였다.

'끝내 주는데?'

빌딩이 개미처럼 보이는 상공이었지만 땅 밑 풍경이 슈욱슈욱 지나갔다. 이 정도면 비행기보다 훨씬 빠르지 않을까?

그런데도 바람이 거세게 느껴지지 않았다.

입고 있는 갑옷 때문인지, 팍살라가 다른 쪽으로 바람을 흘어 버려서인지는 알 수 없었다.

민재가 느끼는 것은 팍살라의 목 위가 너무나도 편안하다는 것뿐.

팍살라를 타고 해외여행을 다닐 수 있다면, 이보다 더 안전하고 쾌적할 수는 없으리라.

그리 오랜 시간이 지나지 않아 목적지가 나타났다.

카타르의 남부에 위치한 유전 지대.

대략적인 위치만 알 뿐, 정확한 위치는 모르는 민재였다.

그럼에도 어디가 목적지인지 단번에 알 수 있었다.

엄청난 소용돌이가 하늘 위로 치솟고 있는데, 모를 리가 있나.

"저기로!"

쐐애액!

팍살라는 날개를 접더니 사냥감을 노리는 비둘기처럼 하강해 나갔다.

민재는 한 손으로 팍살라의 뿔을 단단히 쥐고서 전투 모드 메뉴창을 살폈다.

좌측 하단에 있는 미니맵.

그것을 살피며 전진해 나가자, 우려했던 일이 눈에 들어왔다.

미니맵에 표시되는 표식.

모두가 중립 몬스터의 모습을 하고 있었다.

사람, 개, 심지어 새까지. 모두가 같은 모양인 것이다.

단 하나만 제외하고 말이다.

'역시 프리 미니언이잖아!'

민재는 속으로 욕을 내뱉었다.

프리 미니언이 있다는 것은 지구에도 유저가 있다는 뜻.

혹시나 하고 의심하고 있었는데, 역시나였다. 자신 말고도 지구에 유저가 적어도 한 명은 더 있는 것이다.

이렇게 된다면 일이 복잡해진다.

동료들의 예에서 보듯, 의문의 유저와 적대 관계가 될 수도 있는 바.

자칫하면 목숨을 건 전투를 벌일 가능성마저 생기는 것이다.

거기까지야 충분히 감수할 수 있었으나, 문제는 지금까지 민재가 승승장구 할 수 있었던 비결이었다.

바로 전장에 관한 게임 지식.

의문의 유저는 지구인일 것이니, 그 역시 민재처럼 전장에 대한 지식이 해박한 상태로 게임을 시작했을 것이다.

어쩌면 민재보다 더 많이 아는 상태로.

더 좋은 조건을 발판 삼아 더 큰 성장을 해 랭크를 높여 왔다면 민재는 더 이상 강자가 아니었다.

물론 지금까지 경험한 감각으로 한 두 랭크 정도야 감당할 수 있었다. 하지만 그 이상 차이가 나 버리면 큰일이었다.

'제기랄.'

민재는 쓴웃음을 지었다.

그나마 안심되는 점이 있다면 프리 미니언이 중립 판정을 받고 있다는 점이었다.

그러니 저 프리 미니언의 주인은 적어도 적은 아닐 터.

미니언은 눈에 보이지 않았다.

표식이 있는 곳엔 텅 빈 모래뿐.

하나, 미니맵엔 분명히 표시되고 있었다.

민재의 눈이 미치지 않았다면 저곳에 프리 미니언이 존재해야 했다.

'모래 속인가?'

있을 곳은 땅 아래. 아니면 자신처럼 투명화 스킬을 사용한 상태일 것이다.

위치는 어림짐작, 존재는 확신이었다.

유전을 공격하고 있는 거대 소용돌이는 결코 자연적으로 생긴 것이 아닐 것이다.

저렇게 강한 바람을 인위적으로 만들어 낼 수 있는 기술이 지구에 존재할까?

있다면 오직 전장의 스킬뿐일 것이다.

[어떻게 할 셈이지?]

"일단 확인부터 해야겠어."

팍살라는 표식을 중심으로 선회하기 시작했다.

창을 들고 거리를 가늠하던 민재는 어느 순간 그것을 던졌다.

"투창!"

슈욱!

바람을 통째로 꿰뚫으며 장창이 미사일처럼 날아갔다.

첫 번째 목표는 모래 속.

미니맵 상에 표식이 있는 장소였다.

창은 순식간에 뻗어 나가 그 자리를 쳤다.

콰앙!

폭음이 터지며 모래 다발이 비산했다.

멀쩡한 모래가 폭탄이라도 맞은 듯 갑자기 터진 것 외엔 시각적으로 이상은 없었다.

그러나 민재는 알아차릴 수 있었다.

미니맵에 보이는 표식의 체력이 줄어든 것이다.

"역시 저기야!"

표식도 바뀌지 않았다.

여전히 중립 판정.

민재를 인식하지 못했거나 적대할 의지가 없는 것이리라.

[계속 공격할 텐가?]

"글쎄……."

적이라면 모를까, 전장 시스템은 그가 적이 아니라고 말하고 있었다. 그러니 굳이 공격해 적대할 필요는 없었다.

프리 미니언이 테러를 일삼고 있다는 점이 문제가 되긴 하나, 이곳은 외국이 아닌가.

면식도 없는 자들을 위해 스스로를 위험에 빠뜨리기는 싫었다.

민재는 다른 것을 고민했다.

여기서 모른 척 사라질지, 아니면 다가가서 대화를 나눌지.

둘 다 장단점이 있었다.

유저가 민재의 존재를 인식한 것인지조차 알 수 없으니 판단을 내리기가 어려웠다.

그렇게 잠시 공중을 배회하는 사이, 놈의 움직임이 달라졌다.

콰아앙!

회오리가 더욱 거세어지더니 유전 파괴 행위에 가속이 붙었다.

이대로 가다간 시설 전체가 쓰레기 더미가 되고 말 터.

이러한 점은 민재에겐 큰 문젯거리가 아니었다.

이보다 민재를 경악하게 만든 점은 단 하나.

모래에 숨어 있던 놈이 모습을 드러내 버린 것이다.

파악!

땅거죽이 하늘로 튀어 오르며 거대한 무언가가 땅속에서 튀어나왔다.

주둥이가 뾰족한 것이 두더지를 닮은 모습.

하나 크기만은 두더지에 비할 바가 아니었다.

대충 가늠해도 20미터는 넘어 보일 정도. 작은 빌딩만 한 녀석이 땅에서 튀어나오자, 민재는 심장이 튀어나올 것처럼 놀랐다.

'뭐하는 짓이야?'

지금까지는 몸을 숨긴 채 회오리만 불러내던 프리 미니언이었다. 그런데 갑자기 모습을 드러내다니.

관여하지 않으려 했으나, 이제는 개입할 수밖에 없었다.

이유는 단 하나.

괴수가 나타났다는 소식이 세계에 퍼지면 어찌 되겠는가? 처음에는 의심하겠지만, 세계인은 곧 확신할 것이다.

지구에 뭔가 다른 존재가 있다는 것을.

인간이 두려워할 엄청난 힘을 가진 자들이 존재한다는 것을.

세계는 혼란에 빠질 것이고 물가는 요동칠 것이다. 도미노 효과로 전쟁이 일어날 수도 있는 노릇.

안락하게 살길 원하는 민재에겐 재앙에 가까운 일이었다.

'막아야겠어.'

다행히 인근에 사람은 없었다. 회오리를 피해 도망친 것이다.

벌써 위성사진에 찍혔을지도 모르나, 지금 놈을 처리할 수 있다면 사진은 루머나 기계 오류로 끝날 수도 있었다.

"팍살라!"

[간다!]

팍살라의 거구가 즉시 바닥으로 쏘아졌다.

엄청난 순간 속도. 거기에 더해 민재는 창까지 쏘았다.

"투창!"

쐐애액, 퍼어억!

창은 번개처럼 두더지의 머리를 강타했다.

놈이 비명을 지르며 요동쳤다. 사방에 모래가 휘날리며 시야가 뿌옇게 흐려지는 순간.

콰앙!

팍살라의 몸이 혜성처럼 두더지에게 내리꽂혔다.

꽤애액!

두더지가 재차 괴성을 질렀다.

그제야 시커먼 코가 이쪽으로 향했다. 투명화 스킬이 깨지며 팍살라의 존재를 알아차린 것이다.

급히 발톱을 들어 올리려는 찰나, 민재의 공격이 시작되었다.

"합!"

창을 역수로 쥐며 놈의 머리 위로 뛰어올랐다. 그리곤 미친 듯이 놈을 찔러 나갔다.

"탈취! 갈취!"

체력을 빼앗아 버리며, 동시에 스킬까지 빼앗았다.

소용돌이 스킬이 놈의 것이라는 확인을 마치자 공격을 더욱 강하게 했다.

대체 무슨 원한이 있기에 멀쩡한 건물을 공격한다는 말인가.

놈은 반격을 하지 않았다.

꽤애액!

앞발을 들어 방어 자세를 취하는가 싶더니, 어느 순간 양팔을 마구 휘둘렀다.

콰아앙!

서걱!

날카로운 발톱에 얻어맞은 유전이 두부처럼 잘려 나가며 사방으로 시커먼 석유를 뿌렸다.

그것을 몽땅 뒤집어쓴 녀석은, 갑자기 쑥 하고 꺼지듯 사라져 버렸다.

유저의 영토로 소환된 것이 분명했다.

'앗!'

갑자기 발 디딜 곳이 사라져 버리니, 민재는 허공에서 추락할 수밖에 없었다.

땅까지는 적어도 15미터.

그 아래엔 깊이를 알 수 없는 구멍까지 있었다.

"포영!"

급히 스킬을 사용하자, 민재의 몸이 포탄처럼 위로 치솟았다.

슈와악!

단번에 팍살라의 목 위에 앉은 민재는 연이어 스킬을 썼다.

"투명화! 날아올라!"

파악!

팍살라가 날개를 저었다.

거구의 몸이 포탄처럼 쏘아지고 나서야 발아래의 풍경이 눈에 들어왔다.

말 그대로 난장판.

먼지가 자욱해 제대로 볼 수는 없었으나, 시설은 이미 만신창이가 됐으리라.

'뭐였지?'

이쪽의 존재를 알아차렸을 텐데, 반격은 하지 않고 유전만 파괴하고 도망쳐 버리다니.

놈의 행동이 이해가 가지 않는 민재였다.

CHAPTER 28
마계

영토로 되돌아온 민재는 고민에 빠졌다.

지구에 있는 또 한 사람의 유저.

그가 무슨 일을 벌이고 있는지 추측하기조차 힘들었다.

'유전을 공격하다니, 주가 조작이라도 하려는 건가?'

이미 다섯 곳의 유전이 망가졌다.

검색해 보니, 모두 규모가 큰 곳이었다.

소비는 일정한데 생산되는 석유의 양이 줄어들었다. 자연스레 석유의 가격은 오르게 된다.

돈을 바라고 한 일이라면 이해가 갔다.

한데 그렇지 않다면?

'돈이야 얼마든지 벌 수 있을 텐데.'

두더지는 엄청나게 강력한 프리 미니언이었다.

민재와 팍살라가 합공을 가하였는데도 죽지 않았다. 물론 마지막엔 죽기 직전까지 체력이 떨어졌지만, 그것만으로도 미냐세의 곰들을 넘어섰다.

그 정도로 프리 미니언을 강화시키다니. 스킬까지 부여해서 말이다.

소모한 마테리아가 상당할 터였다.

두더지의 주인은 적어도 민재와 유사한 등급, 어쩌면 더 높은 등급일지도 몰랐다.

그런 자가 돈이 아쉬워 유전을 파괴했다?

물론 가능성이 아주 없진 않았지만, 아마도 다른 이유가 있을 것이다.

두더지가 모습을 드러낸 것을 보면 더욱 명확했다.

두더지는 몸을 숨긴 채 유전을 공격하기만 했다. 그러다 민재의 공격을 받고 나서야 모습을 드러냈으니.

'유전을 파괴하는 것이 급해서였겠지.'

서둘러 유전을 파괴할 이유가 있었을 것이다. 반격을 포기하고 시설부터 공격할 정도였으니.

돈을 벌기 위해서라면 발각당하는 즉시 도망친 후 다른 유전을 파괴해도 되었다. 그런데 두더지는 그러지 못했다.

'유전의 주인과 원수관계? 후우, 그럴 리는 없지.'

골몰해 보았지만 답이 나오지 않았다.

직접 유저를 만나서 물어보면 알 수 있겠지만, 놈을 만날 수단이 없었다.

갑자기 영토로 이동해 버린 자를 어떻게 쫓는단 말인가?

'결국 다시 나타나기를 기다릴 수밖에 없군.'

문제를 해결하는 데엔 시간이 걸린다.

그렇다면 지금부터 골머리를 썩일 필요가 없었다.

'수련이나 해야겠어.'

민재는 동료들에게 초대장을 보냈다.

잠시 후 동료들은 하나둘씩 영토로 도착했다.

"잘 있었소?"

비누엘이 반갑게 물었다. 옆에는 릴리엘과 헤링엘도 있었다.

"수련을 더 해야 할 것 같아 데리고 왔소."

"잘하셨습니다."

미냐세와 체게게, 고블린 역시 프리 미니언을 데리고 왔다. 지난 전투에서 합격이 미흡했던 점을 고치기 위함이었다.

동물들까지 도착했지만, 이상하게 우르자가 오지 않았다.

"잘못된 거 아냐?"

미냐세가 걱정스럽게 물었다.

"메시지를 보내 볼게."

민재는 메뉴창을 만졌다.

지난주 우르자의 부하들이 다른 부족에게 습격당한 것이 걸렸다.

지금 전투를 벌이고 있다면 답장할 시간조차 없을 것이다.

그러나 예상외로 답장은 바로 왔다.

[곧 가겠습니다.]

우르자는 곧 도착했다.

"무슨 일이 생겼나요?"

"다급한 일은 아닙니다. 그러나 큰일이기도 합니다."

우르자는 지난밤에 있었던 일을 말했다.

휘하의 음룡대가 정체불명의 적에게 습격당한 그날부터 우르자는 거미를 프리 미니언으로 등록해 정찰을 보냈다.

어제까지는 별다른 이상을 발견하지 못하였으나, 오늘 새벽에 거미들이 성과를 냈다.

"북쪽 계곡에 프리 미니언들이 있었습니다."

"역시, 유저가 있었군요."

"하나 그들은 저희 부족과 동맹인 부족. 그들이 음룡대를 공격할 이유는 없습니다."

"배신의 가능성은 없나요?"

"그러한 일이 없지는 않으나, 마계는 부족이 익히는 마법의 특성에 따라 적이 결정되는 곳입니다."

음기를 수련한 자들은 태생 자체가 그러하기에 서로를 도울 수밖에 없다. 마법의 기초가 같은 기운으로 시작된 이들은 여간해선 배신하지 못한다고 했다.

"이해가 가질 않는군요, 이유가 뭐죠?"

"음마들끼리는 배신하여도 얻을 것이 없기 때문입니다."

우르자는 음마.

음마들은 음기를 수련하는 부족이기에 대지에서 음기를 차곡차곡 모아 마나를 쌓아 가는 것이 수련의 정석이었다.

이들은 초식동물과도 같기에 서로를 배척할 이유가 없다. 음기는 마계 어디에나 있고, 마계는 너무나도 넓은 곳이기에 음마들끼린 영토 싸움을 할 필요가 없는 것이다.

"음마들은 서로를 돕고 살아가나, 마족은 그러지 않습니다."

마족은 스스로 음기를 쌓는 것보다는 다른 이에게 갈취하는 쪽을 택한 자들.

그들은 음마와 적대관계인 것은 물론이고, 그들끼리도 서로 적대했다.

서로가 잡아먹고 먹히는 육식동물 같은 존재인 것이다.

"강한 부족은 다른 마족을 갈취하며 살아가나, 약한 부족은 역천의 방법을 쓰기도 합니다."

우르자는 비누엘과 체게게를 보며 말했다.

"설마 우리 세계로 오는 마족들이 그런 자들이오?"

"그렇다, 숲의 전사여."

"그렇군, 오해했었소."

비누엘이 사과를 했다. 우르자는 신경 쓰지도 않은 채 말을 이었다.

"프리 미니언을 발견한 부족은 음마입니다. 부족은 다르나 적대할 이유가 없기에 그들은 안심할 수 있습니다."

우르자의 어조는 평이했다. 그러나 태도에서 묘한 불안감이 느껴졌다.

"뭔가 걸리는 것이 있습니까?"

우르자는 잠시 대답하지 않았다.

하지만 곧 그녀는 입을 열었다.

"습격당한 이다르 대주의 음기가 무사했습니다."

"음…… 설마 습격한 자가 마족이 아니라 음마일지도 모른다는 말입니까?"

마족이 습격했다면 음기가 빨렸을 수도 있을 터.

음기가 빨린 흔적이 없으니, 적은 마족이 아닐 수도 있다는 뜻이었다.

"그럴 수도 있습니다. 하나 마계에는 짐승들도 있습니다. 그들은 나약하나, 오랜 시간 마기를 수련한 짐승은 음마보다 약하지 않습니다."

천 년 묵은 이무기쯤 된다는 소리 같았다.

"섣부른 추측은 금물이란 뜻이군요."

"그러합니다, 은인이시여."

"그럼 직접 만나 보는 게 좋겠습니다."

우르자 홀로 다른 부족을 만나러 갔다 자칫 큰 변을 당할 수도 있었다. 진짜 그가 배신을 했다면 우르자가 무사하지 못할 것이니 말이다.

민재와 동료들이 함께한다면, 위험을 줄일 수 있을 터.

"호의를 달갑게 받겠나이다."

우르자가 무릎을 꿇었다.

"대사관을 건설할 비용이 있나요?"

"이번 전장에서 벌어들인 마테리아가 아직 남아 있습니다."

우르자는 사라졌다가 나타났다. 대사관을 건설한 모양.

"바로 가죠."

민재는 동료들과 함께 우르자의 영토로 이동했다.

그리곤 곧바로 마계로 넘어갔다.

슈아악!

어두운 보라색 하늘 아래 척박한 대지.

실로 마계에 어울리는 모습의 땅이었다. 그러나 지옥이라도 꽃은 피는 것인지, 형형색색의 식물이 소담하게 자라난 모습에서 신비로움이 느껴졌다.

"저곳이 제가 기거하는 계곡입니다."

우르자가 앞을 가리켰다.

여기선 아무것도 보이지 않았다.

그러나 조금 더 걸어가자 실체가 드러났다.

입이 벌어질 정도로 거대한 절벽.

한국에선 절대로 볼 수 없는 규모의 절벽이 산도 없는 맨땅에 쩍하고 입을 벌리고 있었다.

크기부터 평범함을 넘어선 진경이나, 그것이 품은 진정한 경이는 대자연에서 비롯하지 않았다.

절벽 전체를 빼곡히 수놓은 등불.

밤하늘의 자욱한 별들이 계곡 경사면에 내려와 옹기종기 마을을 이루고 꿈을 꾸는 듯한 절경.

실로 경탄스러웠다.

"멋지다……."

동물들이 혼이 나간 눈으로 절벽을 바라보았다.

민재 역시 입에서 절로 감탄이 새어 나왔다.

우르자를 따라 걸어가자 곳곳에서 창을 든 자들이 인사를 해왔다.

계곡의 주인인 곡주를 알아본 것이다.

"음마가 몇이나 되죠?"

민재가 물었다.

"10만에 달합니다."

"10만? 엄청나군요."

부족이라더니, 이건 도시급이 아닌가?

자그마한 계곡에서 소담히 살아가는 여인들을 떠올렸는데, 이건 상상 이상이었다.

이러한 계곡의 최고 우두머리가 우르자라니.

실로 여왕이나 마찬가지, 믿기지가 않았다.

"부자였군요!"

"부러워요!"

동물들이 소리쳤다.

"어험!"

고블린이 뒷짐을 졌다. 체게게는 사레가 걸렸는지 갑자기 헛기침을, 비누엘은 순수한 감탄을 토해 냈다.

"뭘 먹어?"

미냐세가 물었다.

우르자가 인상을 쓰더니 내뱉듯 말했다.

"음기를 먹는다."

"음기? 그거 마나 아니야?"

"맞다."

"배고프지 않아?"

"말 걸지 마라, 아이여."

우르자는 대답하지 않고 안내를 계속했다.

계곡에 다다르기도 전에 건물 하나가 나타났다. 나무줄기로 엮은 모습이 조악해 보였지만, 나름 운치가 있었다.

구조로 보아 승강기인 모양.

척!

"준비되었습니다!"

경비원 다섯이 무릎을 꿇었다.

'강하군.'

상태창으로 보이는 그들의 능력치는 대단히 높았다. 다들 체력 1천 이상은 기본, 주문력이 높기에 전투형 마법사가 아닌가 싶었다.

"올라서면 됩니다."

우르자를 필두로 모두가 승강기에 올랐다.

끼리릭.

천천히 굴 속으로 내려가는 중에도 벽에 기이한 빛을 발하는 둥근 것이 박혀 있어 어둡지 않았다.

통로는 제법 길었지만 곧 끝이 났다.

새로이 나타난 공간은 대단히 넓은 홀이었다.

자연 동굴의 벽에 둥근 조명, 크고 작은 천 조각이 곳곳에 걸려 있는 단순한 실내장식이었다.

그곳의 바닥에 승강기가 닿자 걸어가던 자들이 고개 숙여 인사를 했다.

그들 중 앞으로 나서 무릎을 굽힌 자는 모두 셋.

한 명은 지난번 우르자의 영토에서 보았던 부하 오미르였다.

"오셨습니까?"

"귀인들을 모셨다. 접대에 소홀함이 있어선 안 될 것이다."

"모시겠습니다."

오미르가 조심스럽게 안내를 시작했다.

그 뒤를 따르니 방 하나가 나타났다. 가구로 보아 회의실이나 식당 같았다.

우르자가 자리를 권한 자리에 민재와 동료들이 앉자, 음마들이 바로 음식을 내어 왔다.

대부분은 처음 보는 모습의 음식이었다.

재료는 식물과 동물, 그리고 곤충. 요리엔 간간이 민재가 주었던 작물도 섞여 있었다.

"드십시오."

우르자가 음식을 권했다.

"네……."

민재는 거미 요리를 쳐다보았다. 냄새는 기가 막힐 정도로 좋았지만 외양이 너무 낯설었다.

동료들을 살펴보니, 그들은 제대로 식사를 시작하고 있었다.

동물들과 고블린은 거리낌 없이 두 손으로, 비누엘과 미냐세는 인상을 쓰긴 했지만 제법 잘 먹었다.

체게게와 샤나만이 끔찍하다는 눈빛으로 탁자에서 고개를 돌린 채였다.

민재도 탁자에서 시선을 떼고 물었다.

"정찰은 언제 갈 생각이죠?"

"식사를 마치고 갈까 합니다."

지금은 마계의 밤. 다른 부족을 방문하기엔 날이 일렀다.

시간이 조금만 더 지나면 아침이 된다고 하니, 출발은 조금 뒤일 것이다.

"그렇군요……."

조용히 손을 뻗어 거미의 다리 하나를 쥐는 순간.

탕!

갑자기 방문이 열리며 어린 음마 한 명이 나타났다.

"어머니!"

가녀린 체구, 심각한 상처를 입은 것인지 곳곳에 붕대 같은 것을 감고 있었다.

그녀가 가까이 다가와 한쪽 무릎을 꿇자, 우르자가 나직이 말했다.

"깨어났느냐?"

"네! 신 이다르, 전투 불능에서 회복했습니다."

"이리 와서 앉아라."

"네!"

그녀가 자리에 앉자 우르자가 그녀를 소개를 했다.

"제 딸인 이다르입니다."

"안녕하세요."

민재와 동료들이 인사를 나누는 사이.

쨍그랑!

갑자기 밥그릇 깨지는 소리가 터져 나왔다.

"딸?"

고블린이 멍한 목소리로 읊조렸다.

그리곤 얼빠진 얼굴로 우르자와 이다르를 번갈아 쳐다보았다.

"괜찮아?"

미냐세가 급히 자리에서 일어나 다가갔다.

"아, 아무렇지 않다! 저리 가! 신경 꺼!"

고블린이 소리를 꽥 질렀다.

그리곤 양손으로 음식을 허겁지겁 집어삼키기 시작했다.

그러더니.

"윽!"

갑자기 배를 움켜쥐며 일어섰다.

"화장실!"

"이쪽입니다."

시중을 들던 음마 하나가 안내를 하자 고블린이 후다닥 뒤따라 방을 나갔다.

"음……."

미냐세가 걱정스러운 얼굴로 되돌아왔다.

"딸이 있는 줄은 몰랐군."

체게게가 말했다.

20대 초반으로 보이는 우르자에게 딸이 있다니. 민재 역시 이다르에게 인사를 하면서도 의아했었다.

"음마 역시 수명이 긴가 보오."

비누엘이 말했다.

"음마는 천 년을 산다. 음기가 강하면 더욱 오래 살지."

"우리와 비슷하군."

비누엘 역시 장성한 딸이 있다고는 생각되지 않는 외모.

'천 년이라니……'

이종족은 겉모습만으로는 나이를 판별하기가 어렵다.

수명이 길다는 점이 좋은 것인지는 아직 판단하기 힘든 민재였다. 그러나 젊은 외모를 오랫동안 유지할 수 있다는 점만은 나쁘지 않은 일이리라.

"천 년이나?"

체게게가 근심 가득한 눈으로 우르자를 쳐다보았다.

이다르가 즉시 소리쳤다.

"곡주님은 아직 청춘이십니다."

"청춘이라니?"

"아직 200살이 되지 않으셨다는 뜻입니다."

"어리다는 뜻인가?"

"네! 그리고 저는 친딸이 아닙니다. 고아였던 저를 거두고 길러 주셨기에 곡주님을 어머니라 부르는 것입니다."

이다르가 밝게 웃었다.

그러자 체게게의 얼굴에 근심이 더욱 깊어졌다.

"근데 안 아파? 힐 해 줄까?"

미냐세가 이다르에게 다가갔다.

둘은 키가 비슷했기에 또래로 보였다.

똘망똘망한 눈을 가진 둘. 당장 아역 배우로 나서도 크게 성공할 외모였다.

어느 쪽이 우위인지, 우열을 가리기는 어려웠다.

그 모습을 보더니 우르자가 인상을 썼다.

"흠…… 치료를 부탁해도 되겠나?"

"어머니! 저는 아프지 않습니다!"

이다르가 고개를 저었다.

"괜찮아."

미냐세는 선선히 지팡이를 들었다.

"힐!"

화아악!

이다르의 몸에서 빛이 뿜어졌다.

"까악!"

이다르가 화들짝 놀라며 뒤로 물러섰다.

우당탕!

의자가 넘어질 정도로 놀란 모양이었다.

하지만 곧 그녀는 깜짝 놀란 얼굴로 자신의 몸을 만졌다.

"아! 빛 공격이 아니었군요!"

"응?"

미나세가 고개를 갸웃거렸다.

"이차원의 성직자들이 사용하는 기술을 말하는 것이다, 아이여."

"죄송합니다."

이다르가 즉시 사과를 했다.

이차원의 성직자가 사용하는 빛 공격이라 착각한 것이다.

"괜찮아."

소란은 곧 가라앉았다.

"그런데 여자밖에 보이지 않는군요."

민재가 말했다.

계곡에 처음 발을 디뎠을 때부터 지금까지, 눈에 보이는 음마들은 모두 여성체뿐이었다.

"음마는 여성만 존재합니다, 은인이시여."

"왜 그렇죠?"

"음마 자체가 음기를 위한 생명체이기 때문입니다."

"그럼 아이는 어떻게 낳아요?"

여우가 물었다.

우르자는 땅을 가리켰다.

"대지에서 마정을 캐내 섭취하면 아이가 생긴다."

"응?"

우르자가 보충 설명을 시작했다.

계곡처럼 마계의 특별한 곳에선 마정이라는 음기의 결정체가 생겨날 때가 있다.

이를 흡수하면 음력이 크게 상승하여 상승의 마법을 구사할 수 있게 된다. 이것을 포기하고 입으로 섭취하게 되면 음마는 새로운 생명을 잉태한다.

'영약같군.'

무협 소설에 나오는 영약과 흡사했다.

다만 음마라는 종족이 특이하기에 그것을 다른 방법으로 이용할 수 있는 것이리라.

"양질의 마정이 맺히는 장소는 매우 귀중합니다. 마정의 수와 질이 곧 부족의 흥망성쇠를 좌우하기 때문입니다."

"그렇겠군요."

힘과 인구, 그 모든 것이 마정에 달려 있다는 소리.

"이 계곡이 마정이 열리는 장소겠군요."

"그러합니다."

"마계에 마정이 맺히는 장소는 다양하나, 이곳처럼 양질의 음기가 존재하는 곳은 드뭅니다."

"노리는 자들이 많겠군요."

"힘이 있으니 위협은 두렵지 않습니다."

민재는 고개를 끄덕였다.

우르자의 부족은 10만이나 된다.

이들이 힘을 합한다면 웬만한 마족의 습격도 쉬이 막아 낼 수 있으리라.

그렇기에 걱정이 되기도 했다.

이만한 수를 거느릴 수 있게 된 근원은 계곡에 맺히는 마정 때문일 터.

또 다른 유저로 추측되는 음마가 우르자의 계곡을 노릴 수도 있다는 생각이 든 것이다.

동이 트자 민재는 동료들과 함께 계곡을 나섰다.

음마들이 길 안내를 하려 했으나 민재가 뿌리쳤다.

향하는 곳은 또 다른 음마 부족의 거주지.

만약 이들이 적이라면 전투가 벌어지게 될 것이다. 그리되면 수가 많은 편이 유리했으나, 자칫 사상자가 발생할 우려가 있어 동행을 삼갔다.

상황이 불리해졌을 때 민재와 동료들은 우르자의 영토로 이동하면 되니 소수 인원만 데리고 이동하는 것이다.

쉬리릭!

우르자의 영토에서 마계로 되돌아오자 눈앞에 커다란 산이 나타났다.

"저곳입니다."

멀리서 보기엔 단풍이 물든 것처럼 불긋불긋했다.

다가가자, 동물의 뼈를 갑옷처럼 두른 자들이 나타났다.

"멈추십시오!"

우르자가 앞으로 나섰다.

"음곡의 우르자다. 채주를 만나러 왔으니 안내하라."

"우르자? 안내하겠습니다. 음곡의 지도자여."

민재는 그들을 뒤따랐다.

'뿔만 조금 다르군.'

다른 점이 있다면 뿔의 모양뿐. 보라색 머리카락과 등에 있는 날개, 뛰어난 몸매. 외모가 우르자의 부족과 크게 다르지 않았다.

음마들은 산 중턱까지 안내를 했다.

걸어가며 파악한 산채의 규모는 상당히 컸다. 인구가 수천에 이를 정도였다.

신전처럼 생긴 건물 앞에서 음마들은 멈춰 섰다. 그리곤 곧 무릎을 꿇었다.

"어서 오세요, 우르자. 오랜만이군요."

음마 하나가 걸어 나오며 말했다. 노출이 심하지만 화려한 옷.

산채의 우두머리 같았다.

'뭐야? 유저가 아니잖아?'

그녀는 프리 미니언.

혹시나 싶어 미니맵을 다시 확인해도 표식은 변함이 없었다.

"묻고 싶은 것이 있다, 카르쉬나여."

"제가 생각하는 것이겠죠? 후후, 안으로 들어가죠."

음마 우두머리가 교태롭게 웃으며 뒤돌아 걸어갔다.

뒤를 따라 신전으로 들어가 복도를 걸었다. 깊은 곳에 있는 방 안까지 안내받았다.

그녀가 방문을 여는 순간.

콱!

민재는 창 손잡이를 움켜쥐었다.

'유저군.'

시야가 확보되는 즉시 알 수 있었다.

방 안에 있는 존재. 그는 유저였다.

한데, 유저는 음마가 아니었다.

오렌지색 털이 무성한 짐승. 얼굴은 너구리같고 몸은 토끼처럼 생겼다. 크기도 크지 않았다.

엎드려 있는 높이가 겨우 무릎까지 올까 말까 한 정도.

"음……."

우르자가 낮게 신음성을 냈다.

"아는 자입니까?"

팀 채팅으로 묻자, 우르자가 고개를 저었다.

"처음 만나는 자입니다. 마수군요."

"마수요?"

"음기를 천 년 이상 수련하여 영성을 얻은 짐승입니다."

'이무기 같은 놈인가?'

"마수마다 성격이 다르지만, 음기를 수련한 마수이기에 음마들에겐 호의적인 생물입니다. 신뢰하여도 무방할 것입니다."

"그래요?"

민재는 놈을 살피며 방 안으로 들어섰다.

마수는 탁자 위에 토끼처럼 엎드려서는 흥미로운 눈빛으로 이쪽을 관찰하고 있었다.

그러다 일행 모두가 방 안으로 들어서자 입을 열었다.

"만나서 반갑군. 나는 통가라고 한다."

"반가워."

호의에는 호의. 일단 인사부터 나누었다.

그런 후에 물었다.

"이쪽의 존재를 알고 있었나?"

"알아차린 것은 최근이지. 프리 미니언끼리 만난 게 얼마 전이니."

역시 놈은 우르자의 존재를 눈치채고 있었다.

"어찌 된 일이지?"

우르자가 음마 우두머리에게 물었다.

그녀는 어깨를 실룩인 후 대답했다.

"후후, 제가 왜 마수의 하인이 되었냐는 질문이겠죠?"

"그렇다."

"우리는 확고한 안전을 원해요. 우르자 당신 부족만큼 우리는 강하지 않으니까. 처음부터 그와 친했어요. 그가 우리 부족의 위협을 막아 주기로 했고, 그 대가로 우리 부족은 그를 섬기기로 했죠."

"마수를 섬기다니. 내가 사람을 잘못 보았군."

"자존심 없다고 해도 할 말은 없죠. 사실이니까. 호호호."

음마가 그녀는 진한 미소로 웃더니 마수를 쳐다보았다.

마수가 입을 열었다.

"너희들이 방문한 목적은, 내가 적인지 아군인지 판단하려는 것이겠지?"

대답하지 않자, 그가 재차 말했다.

"솔직히 말하지. 나는 너와 네 친구를 적대할 생각이 없다. 왜냐면 나는 전장에서 살아남기도 급급한 하류 인생이거든."

마수가 쓰게 웃었다.

'약하군.'

놈의 체력은 겨우 1천을 겨우 넘기는 수준. 우르자의 전사보다 낮은 수치였다.

그래도 주문력은 상당히 높았다. 수치로 보아 딜러이리라.

가지고 있는 아이템도 별 볼 일 없어 보였다.

전체적으로 따지자면 랭크는 플래티넘 등급밖에 되지 않을 것이다.

"게다가 강력한 적까지 있지. 너희마저 적이 된다면, 끔찍하군. 그래서 동맹을 제안할까 하는데…… 어떤가?"

'동맹이라……'

나쁘지는 않다고 생각했다.

굳이 불화를 일으키지 않더라도 전장에서 살아남기란 어려운 일.

저 정도의 등급으론 일반 게임에서 생존하는 것조차 벅찰 것이다.

그러나 혹시라도 모를 위협은 피하는 것이 좋은 법.

지난 전장에서 돼크를 얕잡아 보았다가 뒤통수를 맞았던 것처럼, 보기에 약해 보이는 녀석이라도 해도 신중을 기하는 것이 옳았다.

"뭘 믿고?"

"계약을 하지. 동맹의 대가로 마테리아를 선물로 주면 어떤가?"

그가 계약 내용을 설명했다.

동맹의 대가로 마수는 마테리아 3천을 우르자에게 선물한다. 먼저 배신하는 쪽은 5천 마테리아를 강제 배상한다.

'나쁘지 않은 내용이군.'

동맹을 맺은 후 마수가 배신을 하게 되면 총 8천 마테리아를 손해를 본다.

반면 우르자는 배신을 해도 겨우 2천 마테리아만 손해를 보게 된다.

이쪽이 상당히 유리한 조건이었다.

"어떻게 하겠습니까?"

민재가 팀 채팅으로 물었다.

"은인의 고견에 따르겠습니다."

"음……."

저 마수는 약하다.

숨겨 둔 힘이 있을지는 모르는 일이지만, 적어도 챌린저 등급은 아니리라.

자신에게 불리한 조건까지 내걸며 동맹을 권하는 것을 보면 적대 의사는 없는 듯했다.

마수를 믿는 것은 아니지만, 전장 시스템이 지원하는 계약이라면 믿을 만하니.

우르자의 안전을 위해서라도 적을 만들지 않는 것이 좋았다.

"동맹을 맺는 게 낫겠군요."

"좋군, 환영하네."

마수가 계약을 주도했다.

그가 앞발을 펼치자 허공에 홀로그램 막대가 형성되더니, 곧 우르자 측으로 막대가 차올랐다.

우르자가 계약 대상이었기에 자세한 내용은 보질 못했다.

"이상 없는 계약이었습니다."

"음마 부족의 신 천 년을 위하여!"

마수가 앞발을 들며 외쳤다.

"후후, 앞으로 잘 부탁드려요."

음마 우두머리가 손을 내밀었다. 우르자는 그녀를 무시하고 돌아섰다.

그때.

"잠깐!"

마수가 소리쳤다.

"동맹을 맺었으니, 날 도와주는 것이 어떻겠나?"

"무슨 소리지?"

"내게는 강력한 적이 있다고 했을 텐데. 그 적은 나의 적만이 아니라 음마 전체의 적이나 마찬가지야."

"그게 무슨 소리지?"

"마계에 유저가 우리 둘뿐인 줄로만 아는 것 같은데……."

마수가 괴악한 웃음을 지었다.

"실은 한 명 더 있지. 마왕 말이야."

"마왕?"

우르자가 소리쳤다.

"불늪의 마왕. 당신도 알 테지."

"으으으……."

우르자가 인상을 썼다.

"누구죠?"

민재가 물었다.

"그는 마족, 북쪽의 패자입니다."

우르자는 마왕에 대해 설명했다.

그는 음마들을 위협하는 마족들의 수장 중 한 명으로, 대적하는 것이 불가능할 정도로 세력이 거대하다고 했다.

다른 마왕과 다툼을 벌이느라 음마 부족을 공격하는 일이 잦지 않아 다행이지, 마왕들끼리 평화롭게 지낸다면 음마 부족은 진즉 멸종당하고 말았을 터였다.

그런 강맹한 자가 유저라니.

"나는 얼마 전에 마왕을 만났지. 그리고…… 그와 대적하기로 결정했네."

마수가 쓰게 웃으며 마왕과 있었던 일을 설명했다.

유저가 된 후 마왕은 더욱 강력해졌다.

서쪽 마왕을 정벌하기에 앞서, 주변의 음마 부족을 전멸시키려는 속셈이 있다고 했다.

"큰 전쟁을 앞두고 후방을 안전하게 만드는 것 정도야 흔한 전략이지. 그런 논리로 우리가 사냥감이 되었을 뿐이야."

"우리가 힘을 합해도 그를 이길 수는 없다."

우르자가 씹어뱉듯 말했다.

"내가 그걸 모르겠나? 마왕도 그 사실 정도는 알지. 우리가 상대도 되지 않는다는걸. 하지만 음마들을 모조리 사냥하려면, 마왕의 군대 역시 큰 손실을 입게 될 것이야. 왜냐면 내가 유격 전을 펼칠 계획이거든."

"유격전? 영토를 이용할 생각인가?"

민재가 묻자, 마수가 고개를 끄덕였다.

"마왕이 나 같은 하류 인생에게 겁낼 이유는 없지. 귀찮은 파리처럼 여길 거야. 그래서 내가 제안했지. 한 방에 모든 것을 끝내 버리자고."

"설마…… 대전을 신청한 것인가?"

"맞아, 너희도 대전을 경험해 봤나 보군. 그럼 이야기가 빠르겠어."

마수가 앞발을 들어 허리를 세웠다.

그리곤 이쪽을 직시했다.

"대전 일은 며칠 후. 그러니 날 좀 도와주면 어떻겠나?"

민재는 입을 다물었다.

그리곤 팀 채팅으로 우르자와 대화를 나누었다.

그의 말이 사실인지 아닌지는 확인할 수 없다.

그러나 사실이라면 우르자에겐 큰 위협이 생긴 셈이다.

입술이 사라지면 이가 시린 법.

마수와 산채의 음마들이 대전에서 지게 되면, 다음 차례는 우르자가 되고 말 것이다.

"사실이라면, 돕는 것이 좋겠습니다."

우르자가 말했다.

그녀는 부족을 책임져야 하는 운명. 부족의 미래를 위해서라도 마왕의 공격을 막아야만 했다.

그녀의 입장은 이해가 갔다.

하나 민재는 팀을 책임지고 있는 리더. 쉬이 허락할 수는 없었다.

강력한 존재인 마왕과 대전을 치르다 동료가 3데스를 당하는 일이 벌어진다면? 차라리 처음부터 돕지 않는 것이 낫지 않을까?

게다가 민재는 저 마수를 믿지 않았다.

대전에 돌입한 후 그가 배신이라도 하면 어떻게 되겠는가?

"저울질할 필요는 없다. 사실 확인은 프리 미니언을 보내 보면 알 일이 아닌가?"

마수가 웃으며 입을 열었다.

민재의 속을 짐작하는 눈초리였다.

"그리고 대전을 해 봤으니 알겠지만, 여차하면 대전을 포기해 버려도 된다. 너희에게 손해가 생기는 일은 없을 것이야."

"흠……."

그의 말 대로였다.

대전 게임은 실시간으로 이루어지는 전장.

보통의 게임과는 달리 이탈마저 자유로운 곳이었다.

그러니 그를 도와 대전게임을 치르다 3데스를 당할 우려가 있는 아군은 전장에서 나와 버리면 되니 말이다.

그렇다면 마수를 도와도 큰 문제는 없을 것이다.

민재는 잠시 고민을 한 후 결정을 내렸다.

"좋아, 돕도록 하지. 물론 사실을 확인한 후에."

"고맙군. 잘한 결정이야."

마수가 앞발을 내밀었다.

악수를 하자는 뜻 같았다.

민재는 그것을 잡지 않고서 말했다.

"그럼 새로 계약을 하지."

"계약? 이미 동맹은 맺지 않았나?"

"용병으로 참여할 것이라면 보상이 확실한 것이 좋지 않겠어?"

마테리아를 달라는 말이었다.

"으음, 욕심이 많은 자로군."

"정당한 대가를 받는 거지."

"좋다. 너희는 수도 많고 상당히 강해 보이니 그리하지."

"고맙군."

민재는 마수가 내민 앞발을 잡고 흔들었다.

민재는 우르자의 계곡으로 돌아왔다.

그리곤 영토를 이용해 거미 프리 미니언을 마왕의 영토로 보냈다.

도중에 마족이 공격을 해 왔기에 확인은 쉽지 않았다.

그래도 성과는 있었다.

"정말 마왕이 유저인가?"

마족들 틈에 프리 미니언이 보인 것이다.

믿을 수 없을 정도로 거대한 괴물. 강함마저 차원이 다를 정도였다.

그런 프리 미니언이 하나가 아닐 공산이 크니, 이는 우르자에게 있어 큰 위협이 되고 말 것이다.

마왕이 정말로 음마들을 사살할 계획인지까지는 확인하지 못했다. 마족은 예전부터 음마에게 적대적이었기에 직접 가서 물어볼 수도 없었다.

그러니 마수를 돕는 것이 최선.

"통가가 주최하는 대전에 용병으로 참여할 생각입니다. 어떠신지?"

민재는 동료들을 모아 놓고 말했다.

"할게요. 계속 그래 왔으니까."

동물들은 찬성.

다른 동료들 역시 반대하지 않았다.

"내가 도움을 받았듯, 우르자에게도 도움을 주어야 하지 않겠소?"

"그러면 준비부터 하겠습니다."

민재는 전장을 준비하기 시작했다.

민재는 최상급의 룬을 더 만들어 분배했다. 동료들은 아이템을 제조하고 프리 미니언과 스킬을 강화했다.

동료들의 프리 미니언은 전과 동일했다.

민재만이 병아리를 닮은 퍼스파 다섯을 추가했을 뿐이었다.

이들은 강화를 전혀 하지 않았다. 그저 정찰 용도인 셈.

적과 조우하기 전 퍼스파들을 사방으로 흩어 적의 위치를 파악하고 죽는, 일종의 자살용 탐지기나 마찬가지였다.

"쉬운 전장은 아닐 것입니다."

우르자가 말했다.

"그렇겠죠."

이미 마왕이 얼마나 강한 지에 대해서는 들었다.

"하지만 그곳은 전장입니다."

현실에서 제아무리 강한 자라도 전장에 들어가는 즉시 밸런스가 조정된다.

현실에서의 팍살라와 전장에서의 팍살라가 다르듯 마왕 역시 전장에선 약해질 수 있는 것이다.

민재는 그것을 노렸다.

잘만 하면 마왕을 이야기 속에나 나오는 마왕을 직접 잡을수 있고, 일이 좋게 풀리지 않더라도 전장에서 무사히 이탈할수 있었다.

그래서인지 지금까지와는 다르게 마음이 가벼웠다.

'마테리아도 벌 수 있겠지.'

마수와 맺은 계약.

마왕을 쓰러뜨리게 되면 민재는 마수가 받을 마테리아의 절반을 받게 된다.

거기에 용병비까지 챙기니 일석이조였다.

"이제 연습을 하죠."

민재는 동료들과 프리 미니언들을 데리고 수련장으로 향했다.

❖   ❖   ❖

금요일 밤이 되자, 마수의 초대장이 왔다.

수락을 하자, 민재는 새로운 영토로 진입하게 되었다.

쉬이익!

이동이 끝나자 처음 접하는 영토가 눈에 들어왔다.

풍경은 우르자의 것과 흡사했다.

검은 밤하늘과 척박한 대지.

마수의 영토는 마계와 비슷한 모습이었다. 그러나 건물의 생김새는 판이하게 달랐다.

사람이 사는 건물이 아니라 바위에 구멍이 뚫린, 짐승이 기거할 것 같은 것들이 마수의 시설이었다.

'생각보다는 크군.'

영토의 크기는 우르자의 것보다는 작았다.

우르자는 다이아 4티어. 마수는 그보다 랭크가 낮을 것이다.

"소개하지."

마수가 앞발을 들어 옆을 가리켰다.

그곳엔 처음 보는 자들이 일렬로 서 있었다.

"내 파티원일세."

"만나서 반갑군."

6명이었다.

마수까지 합하면 7명.

생김새는 마수와 다를 바가 없었다.

인간이 아닌 네발짐승. 키도 그리 크지 않았다. 가장 큰 마수마저 대형견 정도였다.

"반갑습니다."

포지션을 확인해 보니 딜러가 다섯. 서포터가 둘이었다.

"탱커가 없군요."

"탱커? 그게 무엇이지?"

"맷집이 강한 전사타입의 유저 말입니다."

"우린 그런 자는 필요 없다. 전부 원거리 공격만 하니 말이야."

'포킹(Forking) 조합인가?

근접 교전을 피하며 원거리 공격만 하는 조합이었다.

지구의 게임처럼 특수한 경우에만 성립 가능한 조합인 줄 알았더니 마수들이 벌써 구사하고 있다니.

"함께 전투를 해야 하니 스킬을 확인해 보는 게 좋겠군요."

"좋아, 수련장으로 가지."

민재와 동료들은 마수의 수련장으로 가 연습을 시작했다.

전투에 앞서 간단하게 손발을 맞춰 보는 것이다.

"우리가 먼저 보여 주지."

마수들이 움직였다.

그들은 단단히 뭉치지 않고 적당히 서로 거리를 벌였다.

그러며 이리저리 이동했다.

가상의 적을 염두에 두고 회피하듯 이동하며 적과 거리를 좁히더니, 곧 마법을 퍼붓기 시작했다.

콰콰쾅!

순식간에 엄청난 화력이 쏟아졌다.

목표가 된 허수아비들이 단숨에 괴멸될 정도였다.

'호흡이 잘 맞군.'

오랫동안 함께한 자들 같았다.

"이제 프리 미니언도 보여 주지."

마수들의 프리 미니언은 15마리. 그들 역시 짐승이었다.

미니맵으로 보이는 표식이 없었다면 누가 유저이고 누가 프리 미니언인지 분간하기 어려울 정도였다.

사사삿.

프리 미니언이 추가된 그들은 조금 전처럼 움직이더니 마법을 쏟아 내었다.

콰광!

이번엔 수가 많아서인지 화력이 더 강했다.

'프리 미니언까지 원거리군.'

조합을 잘 짰다는 생각이 들었다.

저렇게 마법을 퍼부은 후 도망치고, 다시 접근해 공격한다면 적들은 공격을 제대로 해 보지도 못하고 지리멸렬해 버릴 수 있으니 말이다.

약점이 있다면 돌진기나 벽을 치는 적을 만났을 때인데, 민재가 보기에 그러한 스킬을 가진 자가 많지는 않았다.

그러니 마수들은 상당히 뛰어난 팀이라고 할 수 있었다.

'운이 좋다면 마왕을 잡을 수도 있겠군.'

그가 어느 정도로 강할지는 미지수. 그러나 마수들을 보니 희망이 생겼다.

"이제 저희 스킬을 보여 드리죠."

민재는 동료들과 함께 모였다. 그리곤 평소처럼 습격 연습을 시작했다.

쉬잇! 파팍! 콰광!

마수들처럼 화려한 맛은 없었으나 정교한 타격이 이어졌다.

"오오, 놀랍군. 대단히 안정적이야."

마수들이 눈을 동그랗게 뜨고는 칭찬을 했다.

"너희들과 같이 싸우면 전멸하는 일은 적겠어."

"우린 안 맞으면 안 맞았지, 한 번 맞으면 몽땅 죽어 버리거든."

마수들이 농담을 늘어놓았다.

"체력이 약한 단점을 보충할 수 있을 겁니다."

"좋아. 우리는 화력을 지원하지."

민재는 마수들과 함께 포지션 연습을 시작했다.

몇 번 그렇게 하자, 마수들은 리더 자리를 민재에게 양보했다.

그들이 보기에도 연합 팀을 잘 이끌 자는 민재였으리라.

그렇게 연습을 하고 있으니.

"곧 대전이 벌어지겠군."

마수가 말했다.

이제 곧 밤 12시.

"필드로 가지."

마수를 따라가자 전투 필드가 나타났다.

괴이하게 생긴 돌과 식물로 꾸며진 아담한 필드. 크기는 아직 작았다.

그곳에서 잠시 기다리고 있자 영토가 크게 흔들리며 이동이 시작되었다.

쿠궁!

어두운 하늘 위를 미끄러지듯 이동해가는 영토.

곧이어 하늘 저쪽이 세로로 쪼개지더니 커다란 무언가를 토해 내었다.

반구형의 물체. 적의 영토였다.

'크잖아?'

거리가 멀어 정확한 크기를 알 수는 없었다. 그러나 대략 민재의 것과 비슷했다.

마왕은 적어도 챌린저 등급인 것이다.

'제길, 어렵게 됐군.'

긴장하며 창을 손에 쥐고 있으니 영토가 멈추며 사방으로 빛을 뿜어내었다.

그리곤 형성되는 벽과 길, 그리고 계곡.

그것이 끝나자, 파아아앙!

공간이 터져 나가듯 커짐과 동시에 전장이 형성되었다.

CHAPTER 29
헬

[대전이 시작되었습니다.]

형성된 전장은 지옥 그 자체였다.

기본은 마계. 어두운 하늘과 거칠고 메마른 대지가 온 필드를 장악하고 있었다.

그러나 전체적인 인상은 판이했다.

기괴하게 뒤틀린 지형에선 보라색 운무가 연이어 뿜어졌다. 식물은 앙상하게 뼈만 남은 인간처럼 생겼고, 바위는 비명을 지르는 듯하다.

말 그대로 헬. 피륙을 가진 인간에겐 너무나도 위험천만한 대지가 이번 맵이었다.

"으윽……."

미냐세가 어깨를 움츠렸다.

음울하고 사악함이 느껴지는 대지를 보곤 거부감이 든 것이리라.

샤나도 꼬리에 힘이 들어갔다.

본능적으로 두려움에 사로잡혔을 것이다.

우르자와 마수들이야 별 반응이 없었지만, 다른 동료들은 필드 자체가 마음에 들지 않는 눈초리였다.

하나 감상은 여기까지.

"이동하죠."

민재는 동료들을 이끌고 본진을 벗어나기 시작했다.

마수까지 합해 유저가 17명. 프리 미니언까지 합하면 40이 넘었다.

지금까지 경험했던 전장 중 가장 대규모 파티였다.

이동하며 미니맵을 살피니 전장은 일반적인 맵과 배치가 동일했다.

아군의 본진은 커다란 산에 새워진 요새. 마수가 수호하는 음마 부족의 거처와 비슷한 모습이었다.

적의 본진은 바위산. 기괴하게 뒤틀린 바위들이 쌓여 만들어져 철옹성처럼 보였다.

포탑 역시 바위였으나 겉모습만은 시체가 쌓여 이루어진 산 같았다.

정글로 들어서자 가시덤불이 벌떼처럼 일어났다.

사라락!

가시를 날카롭게 세우며 방울뱀처럼 위협적인 소리를 냈다.

식물이 아니라 동물 같은 반응이었다.

움찔!

샤나가 어깨 위에서 몸을 떨었다.

"괜찮아. 저것들은 아무런 피해도 주지 못해."

그 말에 마수가 소리쳤다.

"피해를 주지 못하다니? 저건 죽음의 비늘이라는 식물이다. 강력한 마비 독을 가지고 있기에 접근하는 즉시 죽고 말지."

"여긴 전장이잖아."

민재가 시험적으로 풀숲으로 들어섰다.

사아악!

날카롭게 날을 세우는 식물에 몸을 묻었다.

그러나 위협적이었던 것과는 달리 식물은 민재를 공격하지 않았다.

"보기에만 위험해 보이지 실제로는 보통의 수풀이나 다를 바가 없어."

"으음……."

마수가 고개를 저었다.

민재는 수풀지대를 너머 정글로 진출해 나갔다.

지형 곳곳에 위협적인 것들이 즐비했다.

그러나 그것들도 수풀처럼 유저들에게 아무런 피해를 주지 않았다.

"적측 정글까지 계속 갑니다."

민재는 노란색 병아리를 닮은 퍼스파를 척후병으로 활용했다.

삐약!

퍼스파들은 조심스레 본대보다 더 앞서 이동하며 적이 은신해 있을 법한 장소를 확인해 나갔다.

필드 중앙을 넘어 중형 몬스터가 생성되는 곳까지 다달았지만, 적과의 마주침은 없었다.

'이쪽이 아닌가?'

랭크가 챌린저 정도나 되는 적이 중립 몬스터 사냥을 하지 않을 리는 없었다.

그런데도 이곳에 적이 없다는 것은 놈들이 다른 곳으로 이동을 했다는 뜻일 것이다.

'놈들이 우리 정글로 습격 갔을 수도 있겠군.'

"되돌아가겠습니다."

민재는 다시 아군의 정글로 되돌아왔다. 퍼스파는 다시 정글 곳곳으로 흩어졌다.

그러다 보니.

카릉!

뭔가가 미니맵에서 번쩍거리든 나타났다. 동시에 정찰을 나갔던 퍼스파가 비명을 지르며 즉사해 버렸다.

'셋?'

순간적으로 보였던 적의 수는 3명.

시야가 확보되는 시간이 너무 짧아 자세히 파악하지는 못하였으나, 적들이 강하다는 것만은 확실했다.

"체력이 4천을 넘는군."

체계게가 말했다.

그녀 기사의 눈으로 미니맵을 살폈으니 확실한 정보일 터.

'적어도 체력은 나보다 더 많군.'

민재의 체력은 3천을 넘기는 수준.

탱커보단 딜러에 가까웠고 아이템 역시 공격에 많은 투자를 한 민재였다.

그렇다고 쳐도 체력 4천은 굉장한 수치였다. 만만하게 생각할 수는 없었다.

"시야 와드를 사용하는 것이 어떻소?"

"그래야겠군요."

민재는 더욱 조심스럽게 이동해 나갔다.

주요 길목에 시야 와드를 설치하며 나아갔지만 적과의 조우는 없었다.

벌써 다른 곳으로 이동해 버린 것 같았다.

"신출귀몰하군."

[미니언이 생성되었습니다.]

시스템 음성이 들렸다.

이제 인원을 흩어 진격로로 가야 할 때.

"파티를 나누겠습니다."

배치는 예전과 동일했다. 민재와 샤나, 양, 토끼가 정글에서 몬스터를 잡고 나머지 일행이 진격로에 선다. 마수들은 라인에 각기 1명씩. 그리고 정글에 1명을 배치했다.

"중형 몬스터부터 사냥하겠습니다."

민재는 몬스터의 둥지로 이동했다.

그러자 양측의 프리 미니언이 맵의 가운데에서 만나 격돌했다.

쾅쾅!

아군의 프리 미니언은 마수와 판박이였다. 털 많은 짐승이 네 발로 걸어 다니는 모습.

무기는 앞발과 이빨이었다.

적의 프리 미니언은 머리에 뿔이 난 마족. 그들은 발톱처럼 생긴 갈고리와 지팡이로 무장한 상태였다.

그때 몬스터가 생성되었다.

그르르르!

생성된 중형 몬스터는 온통 시커먼 괴물이었다.

푸딩처럼 흐물거리는 몸체에 눈도 없고 코도 없었다.

그러나 커다란 입에 날카로운 송곳니만은 위협적이었다.

"공격!"

민재와 팍살라가 앞서 사냥을 시작했다.

검은색의 촉수를 피해 가며 창 공격. 그러며 민재는 미니맵을 살폈다.

'뭐지? 겨우 셋?'

미니맵에 보이는 적은 겨우 3명뿐이었다.

진격로당 한 명씩만 있는 것이다.

프리 미니언 역시 진격로당 둘이나 셋밖에 보이지 않았다.

랭크가 높은 적이기에 인원이 다수일 것으로 예상했는데 그렇지 않다니.

그러나 적의 강함만은 예상 이상이었다.

"이런!"

봇라인의 비누엘이 소리치며 급히 뒷걸음질을 쳤다.

적이 난데없이 돌격을 시작했기 때문이었다.

"카라락!"

거대한 검은 드래곤.

팍살라만큼이나 거대한 녀석은 시야에 나타나자마자 날아오르듯 점프를 했다.

그리곤 거대한 아가리를 벌려 시커먼 불길을 쏘아 내었다.

슈팍!

그것은 엄청난 속도로 날아가 비누엘을 덮쳤다.

"윽!"

비누엘이 급히 화살을 쏘며 반격했다.

그러며 도주를 지속했지만 여의치 않았다.

검은색 불길에 이동속도를 방해하는 효과가 있는 것이다.

시커먼 연기 같은 것이 비누엘의 발목을 묶어 움직임이 느려졌다.

그 순간 드래곤이 비누엘을 덮쳤다.

콰직!

거대한 앞발에 얻어맞은 비누엘의 몸이 나무토막처럼 날아갔다.

데미지 역시 무지막지했다. 공격 두 번에 비누엘의 체력이 절반 이상이나 닳은 것이다.

"힐!"

미냐세가 힐을 시전했다.

"그앙!"

프리 미니언인 곰들이 바닥을 박차고 달려 비누엘을 보호하듯 드래곤에게 맞섰다.

"카아아!"

퍼벅! 콰직!

연이은 앞발 공격에 곰들이 튕기듯 날아갔다.

'드래곤이라니!'

유저 중에 드래곤이 있을 법하다고는 생각하고 있었지만, 전장에서 마주치리라고는 상상치 못했었다. 실제로 마주쳐 보니드래곤 유저의 힘은 상상 이상.

일반적인 유저보다 월등히 강인한 체력과 공격력. 스킬마저일반적인 범주를 벗어나고 있었다.

'아무리 드래곤이라도 그렇지. 이건 사기잖아!'

강함이 너무 차이가 났다.

녀석 하나 때문에 봇라인이 초토화 되는 것만 보아도 확연히알 수 있었다.

전장 시스템으로 균형이 조절되기에 드래곤일지라도 일반적인 유저나 마찬가지여야 했다.

그런데 놈은 그것 넘어서고 있으니.

본디 강한 생물체이기에 강한 것일까? 그렇지 않다면 전장에서 승승장구하며 강해진 덕분일까?

어느 쪽이든 민재에겐 좋지 않은 일이었다.

한데, 황당할 정도로 강력한 적은 드래곤만이 아니었다.

쿠르릉!

탑라인의 적은 외눈박이 거인.

섬뜩할 정도로 날카로운 뿔에 육중한 망치를 든 녀석은 등에
박쥐를 날개까지 달고 있었다.

덩치마저 엄청나게 커서 크기가 드래곤이나 막상막하였다.

그런 녀석이 망치를 땅으로 내리치자 땅거죽이 폭발하듯 진
동했다.

"큭!"

충격파에 얻어맞은 체게게가 신음성을 내뱉었다.

동시에 그녀의 몸은 방어하려던 자세 그대로 고정되었다.

몸이 마비된 것이다.

움직임이 멈춘 것은 체게게만이 아니었다.

옆에 있던 여우와 마수. 프리 미니언들까지 단체로 몸을 움
직일 수 없게 된 것이다.

대단위 마비공격. 범위가 넓은 것은 물론이고 공격력마저 강
했다. 체게게의 체력이 10%나 빠질 정도로 강력한 것이다.

"음무어!"

거인이 점프했다.

빠른 속도로 쏘아진 거체가 체게게의 옆에 떨어지자 또다시
거대한 진동이 발생했다.

그 여파로 동료들이 다시 데미지를 입었다.

그리고 이어지는 거인의 망치질.

쾅쾅! 퍽!

무지막지한 공격에 동료들의 체력이 급감하기 시작했다.

미드라인은 더 심각했다.

"마왕!"

마수가 소리쳤다.

'저게 마왕?'

"움바르도 무르츠 프하!"

커다란 마족이 팔을 펼치자 시커먼 구름이 미드라인을 덮쳤다.

스으으으!

귀곡성 같은 기이한 울림이 진격로에 가득 퍼졌다.

위험을 감지한 우르자와 고블린이 급히 도주를 시도했다. 그러나 채 몇 걸음을 딛기도 전에 운무가 폭발했다.

콰아앙!

폭염이 사방을 덮치자 우르자와 고블린의 체력이 절반 이하로 뚝 떨어졌다.

그것만으로도 경악할 만큼 강한 공격인데, 적의 공격은 연타로 이어졌다.

슈슉, 팡!

마왕의 거체가 순간이동했다.

나타난 곳은 우르자과 고블린의 사이.

'점멸?'

민재에게 익숙한 스킬인 점멸.

황당하게도 마왕은 점멸 스킬을 사용하고 있었다.

지구인도 아닐진데 민재만이 사용 가능한 점멸 스킬을 사용하다니!

"오롯츠."

마왕이 내리깔듯 읊조렸다.

동시에 놈의 몸에서 기이한 충격파가 발생했다.

칼날과도 같은 그것은 허공에 은빛의 아름다운 곡선을 그리곤 허무하게 사라져 버렸다.

하지만 결과는 참담할 정도였다.

[적 선취점 달성!]

시스템 음성이 들린 후에야 알 수 있었다.

우르자의 허리가 반으로 쪼개진 채 무너지고 있음을.

"카락크! 도망쳐!"

민재가 소리쳤다.

고블린이 기겁한 표정으로 후드를 뒤집어쓰려 했다.

바로 은신 스킬. 이 스킬이 무사히 발동된다면 마왕의 공격에서 무사히 도망칠 수 있으리라.

한데 마왕이 가만히 있지 않았다.

쇄도해선 주먹으로 고블린을 두들겨 패기 시작한 것이다.

퍽퍽퍽!

단 세 방에 고블린의 몸은 피떡이 되어 쓰러졌다.

[더블 킬.]

"제길!"

이 무슨 개 같은 경우란 말인가.

이제 겨우 전장 초반.

양쪽 진형의 미니언이 생성되어 맞붙는 전투의 초입이었다.

레벨 1에 불과한 양측이 서로 견제하며 천천히 성장해야 하는 타이밍에 이토록 압도적인 전력 차이라니.

불시에 습격을 받았다거나 적의 수가 많았다면 충분히 이해하고도 남을 일이었으나, 이건 그것도 아니었다.

그저 압도적인 무력 차이.

성인과 어린아이 정도로 전력차이가 컸다.

순간적으로 전장 시스템이 미친 것은 아닌가 싶을 정도였다. 그만큼 적의 강력함은 천의 경지였다.

헌데, 냉정한 눈길로 사태를 파악해 가니 답이 나왔다.

'레벨이 18?'

어이없게도 마왕의 현재 레벨은 18이었다.

드래곤과 거인 역시 마찬가지.

본디 전장은 레벨 1부터 시작하는 것이 법칙.

지금까지 보아 왔던 모든 유저 중 이 법칙을 거스르는 자는 없었다.

이것은 신이 만든 게임. 이곳에 소환되어 전투를 경험하는 자들은 전장 시스템의 법칙에 따를 수밖에 없는 처지였다.

그런데 갑자기 18레벨짜리 적이라니.

말이 되지 않았다.

하나 눈앞에 벌어지고 있는 일은 부정할 수 없는 사실.

"설마……."

민재의 머리에서 뭔가가 퍼뜩였다.

이 황당한 일을 전장 시스템이 허용하고 있다면, 답은 하나뿐이었다.

"궁극기?"

스킬이라면 말이 된다.

지구의 게임 스킬 중에는 시간을 되돌리는 것도 있는 법.

적이 가진 궁극기 중 시간을 조정하는 스킬이 있다면 모든 상황이 설명된다.

현재는 레벨 1이지만, 일시적으로나마 궁극 기술을 통해 18레벨이 될 수 있다면?

"통가! 저 마왕은 어떤 힘을 가지고 있지?"

"그는 마왕 디바쿰. 시공간을 교란시키는 권능을 가진 존재다."

마수가 몸을 떨며 재차 말했다.

"그런데 궁극기라니?"

"일단 이것부터 잡고!"

민재는 중형 몬스터 사냥에 힘을 기울였다.

지금 동료들을 도우러 가 봐야 헛일. 거리가 너무 떨어져 있어 당도하기도 전에 결판이 날 것이다.

적과의 격차를 메우려면 몬스터라도 잡아야 하는 것이다.

쿠웅.

중형 몬스터가 쓰러지자 민재의 발밑에서 붉은색의 버프 오오라가 피어났다.

몬스터를 쓰러뜨린 것은 팍살라였지만, 버프를 가져가는 것은 그 주인인 민재였기 때문이었다.

[처참하군.]

팍살라가 씁쓸하게 말했다.

전장은 지옥 그 자체.

탑라인은 체게게와 마수 하나가 죽었다.

봇라인은 비누엘과 마수 하나. 미드라인은 우르자와 고블린, 마수 둘 모두가 죽어 버렸다.

쿼드라 킬을 달성해 미드라인을 쓸어버린 마왕은 미니언들과 함께 기세 좋게 공성을 시작했다.

쾅쾅!

주먹이 뻗어질 때마다 포탑의 체력이 푹푹 깎여 나갔다.

그러나 그 공격은 오래가지 못했다.

갑자기 마왕의 레벨이 3으로 줄어 버린 까닭이었다.

궁극기의 시간이 다한 셈.

'시간은 1분이 되지 않는군.'

마왕만이 아니라 거인과 드래곤의 레벨도 줄어들었다. 원래의 레벨로 되돌아간 것이지만, 그들은 다수의 킬을 올렸기에 벌써 레벨이 2나 3에 달했다.

반면 이쪽은 레벨 2가 된 자가 한 명도 없었다.

'큰일 났군.'

적은 수가 적다.

그래서 성장이 빠르다.

수적 측면으론 아군이 월등했지만, 이런 식으로 레벨 격차가 커져 버린다면 뒤야 빤했다.

필패.

열 명이 적 하나를 공격해도 이기지 못하는 상황이 벌어질지도 모르는 것이다.

"일단 사냥을 계속하죠."

민재는 정글러들을 이끌고 사냥을 지속했다.

그러며 추측한 적의 스킬에 대해 말해 주었다.

"그런! 일시적으로 강해질 수 있는 스킬이라니!"

마수가 깜짝 놀라며 소리쳤다.

"그러면 붙으면 무조건 진다는 말이 아닌가?"

"적어도 지금은. 그러니 성장 속도를 빨리하는 수밖에 없어."

"흐음……."

마수는 말없이 뒤따랐다.

중형 몬스터 둘을 더 잡은 후에야 민재는 신전으로 되돌아갈 수 있었다.

아이템을 구입하고 다시 정글로 가며 전황을 확인했다.

진격로의 아군은 포탑 근처에서 밖으로 나오지 못했다.

자칫 밖으로 나갔다가 죽을까 싶어서였다.

그만큼 적은 강력했다.

일행 중 레벨이 가장 높은 자는 정글러들이었다.

이제 4레벨.

하지만 적들은 레벨이 벌써 7이었다.

아군이 경험치를 나눠 먹는 것에 반해, 놈들은 각 진격로에서 홀로 경험치를 독식했기 때문이었다.

포탑은 미드라인이 이미 파괴되었고, 탑과 봇라인은 금방이라도 포탑이 무너질 것처럼 위태로웠다.

퍼스파 다섯을 보내 적측의 정글을 살펴보았지만 적이 더 있지는 않았다.

정글 사냥에 나선 자가 없으니 적은 셋뿐이었다.

'때가 되었어.'

적을 저지해야 할 타이밍이 왔다.

이대로 더 시간을 끈다면 포탑이 파괴되어 아군 전체가 불리해지는 상황이 오게 될 것이다.

민재는 탑라인으로 향했다.

거인은 마왕과 드래곤보다 체력이 많았으나 도주기가 없었다.

불시에 기습을 한다면 큰 손실 없이 놈을 잡을 수 있을 것 같았다.

민재는 수풀에 숨어들며 말했다.

"체게게, 준비해."

"알았다."

포탑 곁에 선 체게게와 여우, 마수 두 마리가 언제든 돌격할 자세를 갖추었다.

그때 아군 미니언이 전멸당했다.

도르프!

적 미니언들이 기세 좋게 고함을 지르더니 아군 포탑으로 돌격을 해 왔다.

그 뒤를 거인이 따랐다.

"지금입니다!"

민재를 비롯한 정글러들이 팍살라의 몸을 잡았다.

그러자 팍살라가 땅을 박차고 날아올랐다.

[간다!]

파악, 슈우욱!

거대한 붉은 날개를 펼친 팍살라의 몸이 독수리처럼 뻗어 나갔다.

거인은 팍살라가 근처까지 온 후에야 포탑에서 물러났다.

하지만.

"약은 수를 쓰는군!"

처억!

갑자기 놈은 망치를 두 손으로 움켜쥐었다.

그러더니, 부우웅!

거인은 허리까지 비틀며 망치를 풀 스윙했다.

[아닛!]

팍살라가 소리쳤다.

아직 착지하기도 전.

신경을 집중해 날아가고 있는 상황이라 거인이 휘두르는 망치를 피할 수는 없었다.

결국.

쿠와앙!

망치가 팍살라의 가슴을 후려쳤다.

[크!]

짧은 신음성을 토해 내며 팍살라의 몸이 뒤로 날아갔다.

거대한 덩치를 가진 팍살라가 야구공이라도 된 것만 같았다.

'이런!'

민재는 급히 팍살라의 다리를 놓았다.

덕분에 팍살라처럼 날아가지는 않았다.

그러나 다른 동료들은 팍살라와 함께 정글 방향으로 튕겨 나갈 수밖에 없었다.

무사히 땅으로 내려선 자는 민재와 어깨에 있던 샤나뿐이었다.

"윽!"

체게게와 여우가 급정거했다.

팍살라를 믿고 돌격을 했었는데,

상황이 여의치 않은 것이다.

그 잠깐의 틈을 타 거인이 돌아섰다.

"죽어랏!"

놈은 양손으로 다시 망치를 휘둘렀다.

이번에는 세로로.

저것에 깔려 버리는 순간 곤죽이 될 터였다.

"까아악!"

여우와 마수가 급히 도망을 쳤다. 그러나 망치의 휘두름이 너무 빨라 피할 수 없을 것이다.

오직 체게게만이 목숨을 도외시하고 공격했다.

"하아압!"

그녀의 발이 땅을 치는 순간.

콰직! 쿠웅!

두 개의 파열음이 연달아 터졌다.

망치게 얻어맞은 체게게는 이미 빈사 상태.

무릎을 구부린 채 움직이질 못했다.

거인의 공격엔 마비 효과가 있는 것이다.

거인 역시 스킬을 맞았다.

체게게의 땅도장 스킬에 맞아 망치를 내려찍은 자세 그대로 몸이 멈춰 버린 것이다.

"라시! 공격해요! 미니언부터!"

민재가 거인에게 달려들며 소리쳤다.

"윽! 네!"

도망치던 여우와 마수들이 일제히 스킬을 난사했다.

체게게 근처에 있던 적 미니언들의 몸이 터져 나가며 수가 줄어들었다.

하나 적 미니언은 수가 많았다. 마비가 풀리기 전까지 모든 미니언을 없앨 순 없으리라.

민재가 수를 내지 못하면 마비가 풀리는 즉시 체게게가 죽을 수 있었다.

한 번 더 죽으면 2데스. 그건 막아야 했다.

"탈취! 강탈!"

민재는 거인에게서 공격력과 무기를 빼앗았다.

그러자 거인의 손에서 망치가 사라졌다.

민재의 아이템 칸으로 이동해 버린 것이다.

덕분에 공격력의 상승치가 어마어마하게 증가했다.

망치는 오직 공격력만 높여 주는 상급 아이템인 것이다.

뿐만 아니라 빼앗은 수치 역시 대단히 높았다.

해룡을 물리치고 얻은 스킬 강화 플러그. 민재는 그것을 탈취 스킬에 장착했다.

덕분에 거인에게서 빼앗게 된 공격력은 40%.

이 때문에 거인의 공격력은 절반 이하로 줄어들었다.

"하압!"

민재는 창격을 난사했다.

목표는 거인이 아니라 적 미니언들.

창 질 네 번에 모든 미니언이 쓰러져 버렸다.

그때 마비가 풀렸다.

"윽!"

체게게가 급히 전장을 이탈하려 했다.

체력은 100이하.

"크아악!"

거인이 체게게를 노리고 팔을 휘둘렀다.

무기가 사라진 상태였지만, 어느 순간 그의 손에서 거대한 장검이 나타났다.

망치가 사라지자 아이템 칸에서 장검을 꺼내 든 것이다.

저것에 맞으면 체게게는 죽게 될 터.

"어딜!"

민재가 하늘을 향해 창을 뻗었다.

목표는 거인이 내려치는 장검.

쾅!

"윽!"

엄청난 충격량과 함께 서로가 데미지를 입었다.

민재는 거인의 육중한 공격을 견디지 못하고 무릎이 꺾였다.

하나 그 덕분에 장검이 체게게에게 닿지는 않게 되었고 그녀는 무사히 거인과 거리를 벌릴 수 있었다.

그제야 여우와 마수들이 다시 스킬을 연사했다.

쾅! 퍼펑!

거인의 몸이 워낙 컸기에 마법은 무조건 명중이었다.

"쥐새끼들 같으니라고!"

거인이 성질을 내며 다시 장검을 휘둘렀다.

체게게를 잡지 못한 것이 화가 난 것이리라.

민재는 그것을 피하지 않았다.

공격 따위는 무시하며 창을 세워 놈에게 돌격했다.

레벨은 7에 달하고 체력마저 엄청나게 높은 거인.

히나 그는 공격력이 급감한 상태였다.

스킬마저 2개나 빠졌기에, 샌드백이나 다름없는 것이다.

쾅쾅!

연이어 공격을 해 나가자 거인이 장검을 풀스윙했다.

"고약한 놈! 받아랏!"

거인이 무릎을 차올렸다.

그것에 가격당하는 순간 거인의 몸이 무시무시할 만큼 빨라
졌다.

바로 연타 스킬.

무릎 공격은 그리 큰 데미지를 주지 못하였으나 장검이 연이
어 날아와 어깨를 치자 체력이 푹 깎여 나갔다.

'윽!'

이미 체력이 절반 이하로 떨어진 민재.

샤나의 스킬인 정령 가호를 받아도 거인의 공격력은 무시 못
할 정도였다.

그러나 거인 역시 무사하지만은 않았다.

마법 공격에 당해 체력이 반 이하로 떨어져 버렸다.

그때 팍살라와 동료들이 달려왔다.

몸을 수습하고 다시 돌격해 오는 것이다.

"큭!"

거인은 그제야 땅을 박차고 달렸다. 수적 불리함을 깨닫고

도망가는 것이다.

민재가 급히 따라붙으며 공격하자, 거인은 공격도 마다하고 도주했다.

그러나 아군이 따라붙으며 공격하자 놈은 갑자기 돌아섰다.

도망칠 수 없음을 깨닫고 반격하려는 것 같았다.

죽더라도 아군을 한 명이라도 잡고 죽는다면 적이 우세해지기 때문이었다.

하나 예상은 틀려 버렸다.

슈아앙!

갑자기 기이한 바람 소리가 들리는 것 같더니, 거인의 몸에서 시커먼 연기가 피어올랐다.

동시에 거인의 체력이 단숨에 상승했다.

'궁극기!'

민재는 단번에 알 수 있었다.

거인이 갑자기 강해진 이유는 단 하나.

미드라인에 있던 마왕이 궁극기를 사용했기 때문이리라.

'젠장!'

레벨을 확인할 시간도 없었다.

이미 체력이 상당히 떨어진 상태. 레벨이 엄청나게 올라 버린 거인의 공격에 당한다면 죽고 말리라.

탓!

민재가 땅을 박차자.

콰앙!

그 자리에 장검이 꽂혔다. 조금이라도 늦었다면 거인의 공격에 당해 죽어 버리고 말았을 것이다.

민재는 거인을 공격하지도 않은 채 달렸다.

거인을 스쳐 지나가듯 그의 등 뒤로 이동했다.

그러자 민재의 빈자리를 동료들이 차지했다.

슈칵!

팍살라의 물기 공격을 필두로 아군의 공격이 시작되었다.

"크윽! 잡것들이!"

거인이 발악하듯 장검을 휘둘렀다.

레벨이 올라 엄청나게 강해졌다고는 하나 다수의 공격엔 여전히 취약한 것이다.

하나 거인은 공격을 지속했다.

체력이 높은 팍살라만이 거인의 공격을 버틸 수 있을 뿐, 나머지 동료들은 한두 방이면 죽어 버릴 수 있었다.

슈웅! 콰쾅!

공격이 계속되자 거인의 체력이 급격히 깎여 나갔다.

민재 역시 거인의 등 뒤에서 마구 공격을 했다.

팍살라가 앞에서 버티고 체력이 떨어진 아군이 바로 도망을 가 버리자 거인이 화를 내며 소리쳤다.

"모두 죽여 버리겠다!"

고함을 지르곤 두 손으로 장검을 움켜쥐어 바닥을 찍었다.

거인이 궁극기를 사용하려는 것이다.

이미 한 번 보았기에 스킬이 어떤 것인지 알 수 있었다.

검극이 땅에 닿는 순간, 거대한 지진이 발생해 사방으로 충격파를 쏘게 된다.

그리되면 아군은 전멸이었다.

거인의 궁극기는 무조건 막아야 했다.

"탈취!"

민재가 거인의 다리에 창을 꽂으며 소리쳤다.

그와 동시에 거인의 장검이 땅에 닿았다.

쿠웅!

엄청난 소음과 함께 땅이 비명을 지르듯 들썩였다.

하지만 그것뿐. 거인의 공격은 아군에게 아무런 데미지도 가하지 못했다.

민재가 궁극기를 빼앗아 버린 까닭이었다.

"큭?"

거인이 회심의 미소를 거두었다. 스킬이 통하지 않으니 황당한 기분일 것이다.

이미 사태를 예상한 아군은 공격을 멈추지 않고 있었다.

그러자 결국.

쿠웅!

공격을 견디지 못한 거인의 몸이 쓰러지고야 말았다.

[이민재 님이 적을 처치했습니다.]

"후우."

민재는 숨을 내쉬었다.

적의 스킬을 빼앗는 타이밍이 조금이라도 늦었다면 아군 상당수가 죽고 말았을 것이다.

그만큼 마왕의 궁극기로 강해진 거인은 강했다.

아군 9명이 붙어 싸워도 박빙일 정도로 차이가 현격한 것이다.

예상은 했지만, 적의 강함은 치가 떨릴 정도.

이조차 감당하기 어려웠지만, 더 황당한 일은 마왕의 궁극기였다.

'맵 전체가 범위라니······.'

마왕은 아직도 미드라인에 있었다.

그곳에서 궁극기를 사용했는데 탑라인의 거인까지 레벨이 상승하다니.

아마도 궁극기를 사용하면 전장에 있는 적 모두가 레벨업을 하는 방식인 것 같았다.

그야말로 사기 스킬이 아닌가?

적을 습격해 운 좋게 승승장구하더라도 마왕이 궁극기를 써 버리는 순간 전세가 역전될 수 있으니 말이다.

민재는 이번 전장에서 이기기가 여간 어렵지 않다고 생각했다.

"체력이 낮은 분들은 모두 귀환하세요. 나머지는 미드라인으로 갑니다."

[그러지.]

민재는 포탑 공략을 하지 않았다.

거인을 쓰러뜨려 탑라인이 무주공산이 되었지만, 미드라인이 더 급한 것이다.

거인의 시체에서 아이템을 약탈해 체력을 회복한 민재는 미드라인으로 달렸다.

타다닥!

미니맵을 살피니 전황은 더욱 암담했다.

이미 봇라인의 포탑이 무너졌다.

마왕의 궁극기로 레벨이 22가 된 흑색 드래곤이 포탑을 부쉬 버린 것이다.

미드라인은 더 심각했다.

이미 포탑 하나가 무너진 상태라 우르자와 고블린은 2차 포탑에서 방어를 하고 있었다.

그런 상황에서 마왕이 궁극기를 사용해 압박을 가하니, 포탑을 제대로 방어하지도 못하고 뒤로 후퇴하고 만 것이다.

마왕은 기세를 타고 공성에 열을 올리고 있었다.

조금만 더 공격하면 2차 포탑까지 무너지고 말 것이다.

최단 루트로 정글을 경유해 나가자 마왕이 포탑에서 멀어졌다.

궁극기의 시간이 끝나 레벨이 8로 되돌아왔기 때문이었다.

"도주로를 막아요!"

소리치며 민재가 앞서 달렸다.

팍살라는 이미 마나가 부족해 비행할 수 없어 달리는 수밖에 없었다.

민재는 마왕 쪽으로. 양과 여우, 토끼, 마수는 마왕에게 접근하지 않고 도주로를 차단해 나갔다.

방어만 하고 있던 우르자와 고블린 역시 마왕과 일정한 거리를 두며 천천히 접근을 시작했다.

마왕은 즉시 팔을 들어 올렸다. 범위 스킬을 사용할 속셈이리라.

민재 역시 스킬을 사용했다.

땅을 박차고 날아올라 달려가던 속도 그대로 창을 내려쳤다.

거인의 궁극기인 대단위 범위공격.

"열화 강림!"

콰앙!

창끝이 바닥에 닿자 땅거죽이 폭발하듯 솟구쳤다.

동시에 지진이 일어난 것처럼 원형의 충격파가 발생해 사방을 덮쳐 나갔다.

그 범위엔 마왕 역시 포함되어 있었다.

하나 그 역시 이미 스킬을 사용한 상태였다.

구으으으!

마왕의 손에서 검은 소용돌이가 맺히더니, 곧이어 미드라인 상당수가 검은 구름에 휩싸였다. 섬뜩한 느낌의 검은 구름은 잠시도 지체하지 않고 분진처럼 폭발했다.

콰과광!

피해 범위 안에 있었던 민재.

체력이 푹 깎일 정도로 심각한 피해를 입을 수밖에 없었다.

샤나가 없었다면 빈사 상태가 되었을 것이다.

그러나 마왕 역시 민재의 스킬에 당해 체력이 뚝 떨어졌다.

강력한 마왕이지만, 지금은 궁극기가 끝나 레벨 8.

놈이 강한 만큼 거인의 궁극기 역시 강했기에 동일한 효과를 보인 것이다.

"지금입니다!"

민재가 소리치며 마왕에게 공격을 시작했다.

피해 범위 밖으로 피신해 있던 아군이 이쪽으로 달려오기 시작했다. 마왕의 범위 공격이 빠졌으니 집중 공격을 하려는 것이다.

마왕은 곧 아군 9명에게 둘러싸일 터.

궁극기가 없으니, 이대로 전투가 벌어지게 되면 그는 거인처럼 죽고 말리라.

그것을 모를 리 없는데도 마왕은 도주하지 않았다.

봇라인의 포탑 공략을 마친 드래곤이 이쪽으로 오고 있는 것이다.

지금은 마왕이 약세지만, 흑색 드래곤이 도착하는 순간 전세는 역전된다.

될 수 있으면 그전에 마왕을 쓰러뜨려야만 했다.

콰앙!

마왕은 창격을 날리는 민재에게 맞서 반격을 시작했다.

창과 주먹이 격돌하며 폭음이 연이어 터졌다. 동시에 민재와 마왕은 스킬마저 사용했다.

"강탈! 탈취!"

지이잉!

적의 공격 아이템과 체력을 빼앗는 순간, 눈앞에 기이한 빛이 스쳐 지나갔다.

마왕의 스킬이었다.

빛을 칼처럼 휘둘러 몸을 반 토막 내 버리는 무지막지한 스킬.

그것을 인식하는 동시에 섬뜩한 통증이 가슴을 난자했다.

"크윽!"

단번에 체력이 빈사 상태로 떨어졌다.

마왕에게서 체력을 빼앗은 민재. 그만큼 늘어났던 체력이 늘어났음에도 불구하고 죽기 일보직전까지 체력이 떨어진 것이다.

믿을 수 없는 파괴력이었다.

일반적인 스킬일 진데, 이렇게나 강하다니.

탈취 스킬과 샤나의 가호가 없었다면 단번에 죽고 말았을 것이다.

"흠……."

마왕이 공격을 멈추었다.

그리곤 기이한 눈빛으로 민재를 쳐다보았다.

"괴상한 스킬이군."

마왕은 민재의 스킬이 어떤 것인지를 눈치챈 것 같았다.

공격한 것은 자신인데, 피해를 입는 것은 둘 다라니.

민재가 마왕의 스킬에 놀라는 것만큼 그 역시 놀랐을 것이다.

"누가 할 소리!"

민재는 체력 회복 물약을 사용했다.

스으으!

몸에서 녹색 빛 무리가 피어오르며 체력이 조금씩 회복되기 시작했다.

히나 효과가 미미했다.

마왕의 공격을 한 번 더 받았다간 죽어 버릴 수 있었다.

그것을 알고 있기에 민재는 급히 뒤로 물러서며 마왕과 거리를 벌렸다.

조금 있으면 동료들이 도착하니, 그때까지 버티려는 것이다.

그것을 막으려는지 마왕의 몸이 쇄도해 왔다.

하나 놈은 공격을 하지 않았다.

신기한 것을 본다는 눈초리로 민재를 쳐다보며 달리기만 하는 것이다.

일정한 간격을 두고 도주와 추격을 반복하는 잠시간.

마왕은 곧 한쪽 입꼬리를 비틀어 웃었다.

"다른 스킬도 보여 주게."

따악!

마왕이 손가락을 쳐 소리를 냈다. 그러자.

째깍째깍!

난데없이 시계 소리가 귀에 들렸다.

'시계? ……설마?'

민재는 급히 소리쳤다.

"점멸!"

파아앙!

민재의 몸이 허깨비처럼 꺼지며 사라졌다.

그 순간.

지이잉!

민재가 있었던 자리를 뭔가가 훑고 지나갔다.

조금 전 마왕이 사용했던 빛 공격이었다.

몇 발자국 뒤에 나타난 민재는 섬뜩한 얼굴로 가슴을 쓸어내렸다.

저것에 한 번 더 맞아 버렸다면 자신은 물론이고 샤나마저 죽고 말았을 것이다.

무사히 피했기에 다행이긴 했으나, 불안과 놀라움은 사라지지 않았다.

마왕이 사용한 스킬 때문이었다.

전장의 유저는 총 5개의 스킬을 가진다.

하나는 패시브(Passive) 스킬. 굳이 스킬을 사용하지 않더라도 항상 발동 가능한 기술이었다.

다른 하나는 궁극기술. 나머지 셋은 사용해야만 발동되는 액티브(Active) 스킬이었다.

패시브는 알 수 없었으나, 액티브 셋은 방금 보았다. 대단위 범위 공격과 빛 공격. 그리고 시계처럼 태엽을 감아 스킬을 다시 사용할 수 있게 초기화시키는 기술. 궁극기는 레벨 증가였다.

전장의 법칙에 따르면 모든 유저는 스킬의 개수가 동일하다.

사기 스킬이든 약해 빠진 스킬이든, 스킬의 개수는 변함이 없이 공평한 것이다.

한데, 민재는 마왕이 사용했던 또 한 가지의 스킬을 이미 목격한 상태였다.

바로 점멸.

전장 초반의 전투에서 마왕은 점멸 스킬을 사용했던 것이다.

'뭐야? 스킬이 6개일 리는 없을 텐데?'

말이 되지 않았다.

민재가 아는 이상, 그 이상의 스킬을 가진 자는 절대 존재할 수 없었다.

단.

하나의 케이스를 제외하곤 말이다.

턱!

민재는 걸음을 멈추고 마왕을 노려보았다.

"네놈…… 대체 누구냐?"

마왕 역시 걸음을 멈추었다.

그리곤 민재와 눈을 마주치며 재차 말했다.

"역시 내 생각이 틀리지 않았어. 점멸 스킬을 보니 확실하군."

"그게 무슨 소리야!"

"몰라서 묻는 것인가?"

마왕이 어이없다는 듯 웃었다. 그러더니 곧 안색을 굳혔다.

"설마 유저 스킬을 사용할 줄 아는 존재가 세상에 너만 존재한다고 착각했던 건 아니겠지? 지구인이여."

"지구…… 인?"

민재의 입이 벌어졌다.

지구인이라니!

그 말이 뜻하는 것은 명확했다.

처음 전장으로 불려 갔을 때 민재가 받았던 패널티.

다른 유저에 비해 지나칠 정도로 허약했던 몸과 스킬의 부재.

그것은 게임 지식을 가진 민재만 받을 수 있는 불이익이었다.

그것을 이겨 내고 전장에서 살아남을 수 있었기에 민재는 스킬 5개에 더해 유저 스킬 2개를 더 사용할 수 있게 된 것이다.

헌데 마왕이 그 사실을 알고 있다니.

아니, 그것을 넘어 유저 스킬까지 사용할 수 있다니.

"설마 너…… 지구인인 거냐?"

"지구인? 하하하하!"

마왕이 이마를 짚으며 크게 웃었다.

"내가 지구인이라니, 재미있는 말을 하는군."

마왕의 눈이 날카로운 눈빛으로 변했다.

"너희는 항상 그런 식이지. 세상의 중심이 자기들이라고 착각하는 오만한 존재. 눈앞의 진실을 무시하고 오직 자신만 생각하는 이기적인 존재 말이다."

"대답해! 어떻게 점멸 스킬을 사용할 수 있는 거지? 아니 게임 지식은 어떻게 알게 된 거야?"

"멍청한 질문을 하는군. 이미 깨닫고 있는 것을 물을 필요가 있는가?"

그 말에 민재는 납득했다.

지금까지 애써 부정해 왔던 사실.

지구는 외계인의 침략에서 안전하다. 그 전제는 사실이 아니었다.

"……차원이동을 한 거냐? 지구로?"

"마족이 하는 일이 그런 거지."

"그렇군."

마왕은 지구를 방문한 적이 있을 것이다.

이야기 속에나 나오는 악마의 계약을 했을까?

이유야 어쨌든 마왕은 게임을 알게 되었고, 전장의 유저로 선출되며 민재처럼 특수한 법칙을 따르게 되었을 것이다.

만약 그렇다면, 놈이 강한 이유가 짐작이 갔다.

기본적으로 강인한 육체. 마족을 지배할 정도로 강력한 마법과 긴 세월을 살아오며 터득한 경험. 그리고 게임 지식까지.

애초에 민재보다 우월한 존재였으니, 첫 전장에서의 성적 역시 월등했으리라.

그러니 이토록 많은 사기 스킬을 터득할 수 있었을 것이다.

'내가 왜 게임 성적이 낮았는지 이제야 납득이 가는군.'

전장이 끝난 후 매겨지는 게임 성적.

민재가 받은 성적 중 가장 높은 점수는 A-였다. 그 외엔 모조리 B 혹은 C.

처참할 정도로 성적이 낮았던 이유는 바로 마왕 같은 녀석들이 전장을 지배하고 있었기 때문이리라.

마왕은 금방이라도 달려들 듯 위세가 당당했다.

그러나 그는 공격하지 않고, 민재와 일정한 거리를 유지한 채 말했다.

"나와 함께하는 것은 어떤가?"

"그게 무슨 뜻이지?"

"이 전장에서 마지막까지 살아남기 위해서는 강자끼리 뭉쳐야 한다. 나약한 것들과 어울렸다간 그대는 패배하게 될 것이다."

"……같은 편이 되라고?"

"그렇다. 지구인이라는 점 하나만으로 그대는 이미 나와 동급이다. 나와 어깨를 나란히 할 자격이 있다."

"하……."

민재는 황당한 기분이 들었다.

지구인이라서 강자라니.

물론 민재는 전장 초기부터 게임 지식을 활용해 남들보다 월등한 성장을 해 왔다.

하지만 이는 노력과 운이 따라 주었기에 가능한 일. 그만큼 초반부터 민재가 가졌던 패널티는 강력했다.

"같은 편이 되어서 뭘 하자는 거지?"

"강자지존."

"뭐?"

"이 전장의 끝이 무엇이라고 생각하는가?"

마왕은 진지한 얼굴로 말을 이었다.

"전장을 만들고 우리를 초대한 자, 범인이 이런 기적을 부릴 수는 없지. 아마도 그는 신. 그가 무엇을 바라고 이 전장을 만들었는지 짐작되지 않는가?"

"그걸 내가 어떻게 알아?"

"차원에서 강자들을 모으고 선별하는 과정이 왜 필요하다고 보는가?"

"글쎄……."

민재도 의문은 가지고 있었다.

전장을 만든 존재는 누구이며, 궁극적인 목적은 무엇인지.

지금에 와선 어느 정도 짐작이 가기도 했다.

일반 게임의 맵은 유저들을 죽이기 위해 디자인되었다.

그 이유는 아마도 적자생존.

전장이 지속되면, 결국엔 가장 강한 자만이 살아남을 수밖에 없다. 결국, 마지막까지 살아남는 팀이 가장 강력할 것이다.

거기까지는 짐작했지만, 그렇게 선출된 자들이 왜 필요한지는 추측할 수 없었다.

허나 마왕은 알고 있는 눈치였다.

"이유는 오직 하나뿐. 신은 도전자를 원하는 것이다."

"도전자…… 라니?"

"지존의 자리는 무료한 법."

마왕은 무심한 눈길로 허공을 바라보았다.

"권좌는 달콤하나, 그것은 정신을 갉아먹는 야수와도 같지. 닳아 버린 마음에 칼날을 세우려면 정신을 일깨울 위협이 필요한 법이다."

"신이…… 자신을 위협할 자를 만들기 위해 전장을 만들었다고?"

"그렇다. 그 이유가 아니라면 우리 같은 미생에게 이런 힘을 줄 필요가 있는가?"

"……."

"그러니 제의하지. 나와 힘을 합쳐 위대한 도전에 동참하지 않겠는가?"

민재는 대답하지 않았다.

마왕의 말이 틀렸다고는 생각하지 않았다. 그 역시 하나의 가능성을 말하고 있을 뿐이니 말이다.

하지만 그가 하는 말이 마음에 들지는 않았다.

또한 시간마저 없었다.

타타탁!

동료들의 발소리.

마왕을 포위하기 위해 사방에서 동료들이 들이닥치고 있는 것이다.

"대답은 다음에 듣지."

마왕이 팔을 올렸다. 아군의 협공에 맞서려는 것이다.

그 순간.

"하아압!"

체게게가 방패를 앞세우며 마왕에게 돌진했다. 동시에 동료들과 마수들이 스킬을 쏟아 냈다.

콰과광!

불꽃이 쏟아져 마왕의 몸을 덮는 것은 삽시간이었다.

마왕은 즉시 팔을 흔들어 불꽃을 쳐 냈다. 동시에 날아오르듯 움직여 체게게의 돌격을 피해 버렸다.

"아닛?"

허무하게 마왕을 스쳐 지나간 체게게.

그러나 민재가 바로 공격해 들어갔다.

던지듯 몸을 날려 창으로 마왕을 찔러 나갔다.

슈팍!

그것을 시작으로 수십 명의 공격이 시작되었다.

콰광!

마왕은 완강히 저항하며 아군을 공격해 나갔다. 기본 스펙이 뛰어난데다 고레벨인 마왕을 상대하기는 쉽지 않았다.

하지만 놈은 단 하나. 이쪽은 다수.

스킬마저 사용해 버린 후였기에 마왕은 변변한 공격도 하지 못하고 쓰러질 수밖에 없었다.

[비누엘 님이 적을 처치했습니다.]

"마왕을 잡다니!"

마수가 소리쳤다.

강력한 존재인 마왕.

비록 전투력이 제한되고 여벌의 목숨이 있는 전장이기는 하나, 마계에서 최고의 강자인 마왕을 쓰러뜨리게 될 줄은 몰랐다는 어투였다.

민재 역시 마왕이라는 존재를 피해 없이 이기게 될 줄은 몰랐다.

그러나 기쁨은 뒤로 미룰 수밖에 없었다.

남쪽에서 검은 드래곤이 다가오고 있는 것이다.

"바로 후퇴하겠습니다!"

민재는 동료들을 이끌고 본진 쪽으로 도주했다.

다수가 힘을 합치면 드래곤 한 명쯤이야 처치할 자신이 있었지만, 이미 마수 몇이 빈사 상태였다. 승리도 좋지만 안전이 더 중요한 법.

다음 전투를 기약하며 포탑 인근까지 후퇴해 나갔다.

다행히 드래곤은 미드라인까지 오지 않고 방향을 튼 것인지 미니맵에 나타나지 않았다.

"정비! 모두 본진으로!"

민재는 귀환 주문을 사용했다.

파파팍!

빛이 산란이 끝나자 민재와 아군 전부는 본진의 신전 안에서 있게 되었다.

아이템을 구입하고 있으니, 비누엘이 말했다.

"마왕이 한 말이 무슨 뜻이오?"

"들으신 대로일 겁니다."

"그가 신을 만났을 가능성이 있다고 보오?"

"아마도 아니겠죠."

마왕이라고 특별 대우해 줄 필요가 있을까?

이 전장을 만든 이에겐 민재나 마왕이나 별반 다를 바 없는 존재일 것이다.

그러니 그가 하는 말은 모조리 추측일 뿐, 사실 전장의 끝은 다른 식으로 끝맺음할 가능성이 컸다.

고민은 많았지만, 지금은 전투에 집중할 시간이었다.

"모두 전진하겠습니다."

"한곳에 모여서 말이오?"

"네, 하지만 별동대를 둘 겁니다."

마왕과 거인이 1데스를 기록했다.

그들은 강하지만, 다수에게 공격당하면 별 수 없이 죽을 수밖에 없다.

혼자 다녀서는 안 된다는 것을 마왕도 깨달았을 것이니, 저들은 이제 뭉쳐 다닐 가능성이 컸다.

그렇다면 이쪽의 대응 역시 달라져야 했다.

마찬가지로 뭉쳐서 움직이는 동시에, 소수의 팀이 포탑 공략에 나선다.

크고 작은 팀 두 개로 나누는 것이다.

"카라크와 미냐세, 둘만 따로 떨어져 공성에 주력하세요. 나머지는 함께 적을 견제하러 갑니다."

고블린은 공성 스킬이 있다. 또한 은신 스킬을 가지고 있기에 도망가기도 좋다. 미냐세는 이동속도를 올리는 스킬을 가지고 있으니 고블린을 보조하기 좋았다.

둘만 따로 다니며 공성을 하다, 적이 하나라도 보이면 즉시 후퇴한다. 화력이 작아 공성 속도가 빠르진 않겠지만, 피해가 누적되면 효과적이었다.

그사이, 아군은 마왕을 견제한다. 그런 전략이었다.

처척!

아군은 즉시 움직였다.

고블린과 미냐세는 봇라인으로, 나머지는 똘똘 뭉쳐 미드라인으로 진출해 나갔다.

전진하고 있으니, 목소리가 들렸다.

"대답을 듣지 못했군."

마왕이었다.

어디에 있는지 보이지는 않았다, 아마 전체 채팅이리라.

"말하지 않았었나? 거절하겠어."

"나와 적대할 셈인가?"

목소리에서 분노가 느껴졌다.

"물론 적대하고 싶지는 않지……."

솔직히 민재는 마왕이 두려웠다.

힘과 지식, 그리고 경험. 이 모든 면에서 마왕이 뛰어났다.

거기다 그런 자가 마왕만이 아니었다.

거인과 드래곤마저 민재를 압도할 정도로 강하니, 그들과 대적하고 싶은 생각이 들지 않았다.

"하지만 이미 대전이 시작되었잖아? 돌이킬 수 없어."

"그 문제라면 방법이 있다. 대전에서 이탈하면 되지 않은가?"

마왕이 제안했다.

민재가 동료들과 함께 대전에서 단체 이탈한다. 마왕은 마수들을 이겨 승리를 거머쥐게 되고, 민재는 강력한 존재인 마왕과 힘을 합쳐 다음 전장을 대비할 수 있게 된다.

이성적으로 따졌을 때 이보다 더 좋은 방법은 없다.

마왕과 민재, 양자 모두가 윈윈하는 것이니 말이다.

하지만 이 방법에는 문제가 있었다.

마왕이라는 존재가 우르자의 부족과 적대한다는 점이었다. 마왕은 승리하게 되는 즉시 음마 사냥에 나설 것이 아닌가?

한데, 마왕은 이 사실을 짐작하고 있는 모양이었다.

"저 음마를 아낀다면, 내가 양보하지. 다른 음마들은 척살해도 저 음마가 속한 부족은 건드리지 않겠다. 오히려 음마 부족이 더 번성할 수 있도록 도와주마. 나에겐 그럴 힘이 있으니."

"음……."

거부하기 어려운 제안이었다.

마수들을 배신하기만 하면, 더 많은 것을 얻을 수 있다.

사실 배신이라고 할 것까지도 없다. 마수들이야 만난 지 얼마 되지도 않은 사이, 게다가 이 방법이 우르자와 그녀의 부족에겐 더 좋은 일이 아닌가?

하지만 제안이 좋고 나쁨을 떠나, 마왕이 믿을 수 있는 존재인가가 더 중요했다.

"우르자, 마왕은 믿을 수 있는 존재입니까?"

그 말에, 마수들이 털을 세우며 소리쳤다.

"무슨 말이냐! 우릴 배신할 생각이냐?"

민재는 대답하지 않았다.

우르자가 조용히 입을 열었다.

"그는 권좌의 정점에 선 자. 마왕이 거짓을 말할 이유는 없습니다."

"우르자! 어떻게 그런 말을! 음마들이 마족에게 당한 역사를 잊은 것이냐?"

"믿을 수 있다는 말이군요."

민재의 말에 마수들이 몸을 떨었다.

금방이라도 민재와 동료들이 전장을 이탈할까 싶어 두려워하는 것이다.

우르자는 그들의 반응을 무시하고 계속 말했다.

"하지만 힘은 영원하지 않습니다. 권좌는 투쟁의 정점. 마왕의 권좌는 늘 도전받고 또 주인을 바꾸기에, 마왕이 하는 약속은 영원하지 않습니다."

"거절하라는 말입니까?"

"판단은 은인의 몫입니다."

우르자가 시선을 내리깔았다.

"부족의 존폐가 달린 중요한 일인데, 제게 맡기다니요."

"은인의 판단은 음마 부족과 무관한 일입니다. 부족의 미래는 부족이 책임집니다. 은인께서는 원하시는 대로 선택하소서."

민재가 승낙하든 거절하든, 우르자의 부족은 그들 스스로 자신을 지킬 생각 같았다.

"알겠습니다."

민재는 고개를 들어 전체 채팅으로 말했다.

"거절하죠."

"조악한 판단이군."

마왕의 목소리에 비웃음이 담겼다.

"천한 것들과 어울리다 보니 사고마저 천해진 것인가? 무엇이 강자의 자존심이며 무엇이 강자의 기품인지 잊어버렸나? 알량한 의리에 목숨을 걸다니, 지구인답지 않군……."

"의리가 아니라, 마왕 당신의 능력이 의심스러워서입니다. 진정으로 전장의 끝을 보고 싶어 했다면, 동료의 수를 늘렸어야 했어요."

"내 능력을 의심하는 것인가?"

"당신이 약속을 지키더라도 마왕이 바뀌면 음마 부족은 학살당할 것이니까요. 마왕의 자리는 영원하지 않으니."

"하하하! 나를 이길 자신이 있는 것이로군! 감히!"

"물론입니다."

"좋아! 그런 패기야말로 지구인의 것이지. 누가 최후의 승리자가 될 것인지는 마신이 정해 줄 것이다!"

마왕이 소리쳤다.

그가 이런 반응을 보이리라는 건 이미 예상한 바. 추측에서 벗어나지 않았다.

하지만 민재는 그가 한 말에서 이상한 점을 감지했다.

"잠깐! 아까부터 지구인, 지구인 하는데, 혹시 알고 있는 사람이 있어?"

민재의 목소리가 떨렸다.

스스로는 인식하고 있지 못했지만, 뭔가가 머리를 퍼뜩 스쳐 지나간 것이다.

"그것이 궁금한가 지구인이여?"

"그래."

"그대는 아는 것이 너무 적군."

마왕이 웃었다.

그러더니 그는 나지막한 목소리로 말했다.

"나는 지구에 있는 유저 하나를 더 알고 있지."

"뭐? 유저를 알고 있다고?"

며칠 전 보았던 프리 미니언.

설마 했던 유저가 지구에 있었다. 그와 어떤 관계가 되느냐에 따라 민재의 앞날이 정해진다. 그러니 지구 유저에 대해 궁금할 수 밖에 없는 민재였다.

그 정체가 궁금하던 차에 마왕이 알고 있다니!

"그게 누구야?"

민재가 소리쳤다.

"알고 싶은가? 그렇다면 나를 이겨라."

그 말로 끝.

민재가 몇 번이나 더 소리쳐 물었지만 마왕의 목소리는 들리지 않았다.

"잘한 선택이었다!"

마수들이 흥겨워 소리쳤다. 마왕의 제안을 거절해 기쁜 모양이리라.

그러나 민재는 주먹을 움켜쥐었다.

'제기랄!'

혼란스러웠다.

마왕이 알고 있는 유저가 대체 누구란 말인가? 머리가 아플 정도로 어지러웠지만, 해답을 알기 위해서는 전장에서 승리해야만 할 것이다.

"전진하겠습니다."

민재는 미드라인으로 진출해 나갔다.

시야 확보를 위해 퍼스파 다섯을 맵 곳곳으로 뿌렸다.

고블린과 미냐세는 따로 움직였다. 위쪽 정글로 이동하며 몰래 탑라인의 포탑을 부수는 별동대였다.

나아가자 적이 보였다.

셋이 뭉쳐서는 미드라인으로 오는 도중. 아군 미니언을 처치해 가며 이쪽으로 진군해 오고 있었다.

적의 행동은 예상한 대로였다.

포탑에서 거리를 둔 채 아군 미니언을 잡기만 했다. 포탑을 무너뜨리기엔 이쪽의 저항이 만만치 않기에 시간을 끄는 것이다.

'궁극기의 쿨타임을 기다리는 거겠지.'

마왕의 궁극기는 효과에 비하면 재사용 대기시간이 짧았다. 스킬을 알고 있으니 놈들이 어떤 생각으로 움직이는지 짐작이 갔다.

이제 아군은 방어에 중점을 두며 기회를 노려야 했다. 일단은 교착 상태를 유지하며 고블린이 성과를 내주기를 기다리면 되었다.

한데, 적이 예상을 깨는 행동을 했다.

파아악!

전방에서 미니언을 공격하던 검은 드래곤.

그놈이 갑자기 날아오른 것이다.

슈아앙!

빨랐다.

팍살라가 비행하는 것과 흡사할 정도. 이곳까지 닿는 속도를 보니 피하기엔 너무 늦어 버린 상황이었다.

'뭐얏? 아직 시간이 이른데?'

민재가 생각했던 타이밍보다 반 박자 빨랐다.

놈이 갑자기 달려드는 이유는 명확하리라.

적과 아군의 거리는 제법 벌어져 있는 상태.

적이 아무리 강하다고 할지라도 홀로 이쪽으로 돌격해 오다니. 아군의 집중포화를 맞고 죽을 수도 있는데도 놈이 돌진해 온다면, 이유야 빤하지 않은가?

아마도 광역 마비 기술.

날아오른 드래곤의 몸이 바닥에 착지하는 순간, 놈은 스킬을 사용해 아군의 움직임을 묶어 버릴 것이다.

잠깐의 화력 공백이 생긴 순간, 놈은 아군 진형을 종횡무진할 것이고, 곧 마왕과 거인이 들이닥칠 것이다.

그 후에는 마왕의 궁극기가 사용될 것이고, 곧 지옥이 펼쳐지리라.

"팍살라!"

민재가 소리쳤다.

아군 중 가장 강한 탱커인 팍살라가 즉시 앞으로 나섰다.

슈팍!

순식간에 날아가는 붉은 덩어리. 그리고 쇄도해 오는 거대한 검은 덩어리.

두 개가 맞부딪치며 굉음이 발생했다.

콰앙!

묵직한 일격.

충격으로 두 드래곤의 몸이 허공에서 튕겨 나왔다.

이로써 블랙 드래곤의 스킬은 무산되었다. 회심의 미소를 지을 만도 하지만, 블랙 드래곤이 가만히 있지 않았다. 앞발을 뻗어 팍살라를 잡고는 발톱을 휘두른 것이다.

슈팍!

[윽!]

팍살라의 입에서 신음이 튀어나왔다. 치명상까지는 아니었지만 큰 피해를 입고 말았다.

쿠웅!

추락하던 팍살라는 날개를 퍼덕여 즉시 몸을 가누며 착지했다. 그와 함께 바로 앞에 내려선 블랙 드래곤을 공격하기 시작했다.

파파팍!

드래곤 대 드래곤.

허공에서 피막 날개와 날카로운 발톱이 태풍처럼 몰아쳤다.

양자는 동족, 드래곤이라는 공통점이 있었으나 유저와 프리 미니언이라는 차이가 있었다.

적은 이쪽보다 레벨이 높은 유저였다. 강하다는 면에서는 견줄 자가 그리 많지 않을 강자.

보통의 프리 미니언이었다면 블랙 드래곤의 공격 한 번에 즉사하고 말았을 것이다.

하나 팍살라는 일반적인 프리 미니언이 아니었다. 일반 게임에서 얻은 영혼으로 만들어진 강력한 프리 미니언인 것이다.

[검둥이 주제에 레드에게 덤비다니!]

캬앙!

팍살라가 호성을 지르며 앞발을 휘둘렀다.

쾅! 쾅!

괴수들의 싸움.

블랙 드래곤 역시 지지 않고 반격을 했다.

하지만 팍살라의 상대가 되지는 못했다.

강력한 유저라고는 하나, 체력이 만 단위인 팍살라에 비하면 기본적인 스펙부터가 딸리는 것이다.

그것을 깨달은 블랙 드래곤의 인상이 찡그려졌다. 유저인 드래곤이 팍살라를 압도할 수단은 단 한 가지.

드래곤은 한쪽 앞발을 들어 올렸다.

스으으으.

스킬을 사용하려는 모양.

'그렇게는 안 되지!'

탓!

민재가 드래곤에게 돌격했다.

체게게는 이미 드래곤의 발 뒤쪽까지 이동한 후.

"하아압!"

즉시 방패로 발목을 쳤다.

그러자.

쿠앙!

거체에 비하면 공격은 참으로 미미했다.

하나 스킬의 효과로 인해 블랙 드래곤의 커다란 몸집이 움직였다. 하늘로 붕 떠서는 아군 방향으로 날아오는 것이다.

그쪽에 있는 꽉살라는 이미 주먹을 휘두르고 있었다.

퍼억!

블랙 드래곤의 안면에 펀치가 꽂히는 순간, 아군의 집중 공격이 시작되었다.

"불태워 버리겠다!"

일곱 마수들이 마법을 퍼부었다.

파파팍! 빠직!

동료들 역시 준비했던 공격 스킬을 퍼부었다.

모두가 전장 경험이 많은 베테랑.

블랙 드래곤이 고립된 순간을 놓치지 않고 처리하려는 것이다.

콰과광!

불꽃이 터지며 검은 거체가 가진 체력이 급감하기 시작했다. 강력한 적이지만 다수의 집중 공격까지는 버틸 수 없었다.

[우르자 님이 적을 처치했습니다.]

시스템 음성이 귀를 요란하게 울렸다.

그 순간.

다다닥!

민재는 이미 앞으로 달려가고 있었다.

블랙 드래곤을 무시한 채, 미드라인으로 돌격해 나갔다.

그곳에 있는 자들은 거인과 마왕.

이미 놈들은 몇 발자국 앞까지 다가와 있는 상황이었다. 놈들이 어떤 짓을 할지는 이미 예상하고 있었던 바.

슈우우우우!

털이 섬뜩할 정도의 괴성이 울리며 공기가 비명을 질렀다.

거인과 마왕이 스킬을 사용한 것이다.

바로 동시 광역 공격.

두 존재의 스킬이 동시에 발현된다면 순간적인 데미지가 엄청나다. 더불어 공격 범위마저 넓다.

민재는 샤나의 도움으로 버틸 수 있으나, 다른 이들의 생사는 장담할 수 없는 순간이었다.

이걸 맞아 버리면 아군 중 반 수는 죽고 말리라.

그것을 막기 위해 민재가 창을 찔러 들어갔다.

목표는 마왕.

광역 스킬을 시전하고 있는 상황이라 마왕은 순간적으로 무방비 상태가 되었다.

공격해도 큰 피해를 입지 않을 것이 뻔했지만, 민재는 창 공격을 늦추지 않았다.

결국.

슉!

마왕의 배에 창이 닿는 순간, 민재가 급히 소리쳤다.

"갈취!"

[적의 스킬을 갈취하였습니다.]

"경험치 획득!"

슈아앙!

빛이 스며든 종소리가 고막을 울림과 함께 사방의 공기가 터져 나갔다.

콰르릉! 콰앙!

두 번의 폭발이 연이어 일어나며 인근 전 지역이 초토화되었다.

실로 무참할 정도로 강력한 일격. 마왕과 거인의 광역 스킬이 대지에 강림한 것이다.

아군의 체력이 순식간에 떨어져 붉은색이 되었다. 죽기 일보 직전이었다.

다행히 사망자는 없었다.

폭발이 일어나기 직전, 그 짧은 시간 동안 사용된 스킬이 아군의 목숨을 구했기 때문이었다.

바로 마왕에게서 빼앗은 궁극기.

기이한 빛이 뿜어짐과 동시에 아군의 레벨이 4에서 5정도 상승하며 최대 체력이 늘어났기에 즉사를 면한 것이다.

한데.

'겨우, 4?'

민재의 레벨 상승치는 고작 4.

마왕이 궁극기를 사용한 것치고는 기이할 정도로 낮은 상승치였다.

순간 욕이 나올 뻔했다.

개인당 엄청난 경험치를 받아 레벨업을 하는 것이 옳을 것인데, 고작 4레벨 상승에 그치다니.

하지만 민재는 바로 깨달을 수 있었다.

'경험치 양이 제한되어 있구나!'

마왕 측은 유저가 겨우 셋.

궁극기로 얻은 경험치를 셋이 나눠 먹으니 레벨 상승량이 컸다.

반면 이쪽은 마수들까지 합해 17명. 이 많은 인원이 나눠 먹다 보니 개인당 받게 되는 경험치가 줄어든 것이리라.

마왕 측 유저의 수가 적은 이유도 단번에 알 수 있었다.

적은 인원이어야만 궁극기의 혜택을 크게 누릴 수 있는 법. 3명 정도의 소수 정예를 이룬 채 마왕은 궁극기로 전장을 종횡무진해 왔으리라.

사기라고 생각했던 마왕의 궁극기는 사용하고 보니 단점이 확연했다.

생각은 길었다. 그러나 시간은 1초도 되지 않는 상태.

"역시 그러한 스킬이었군!"

마왕의 소리침!

동시에 지이잉!

섬뜩한 소음이 귓가를 울렸다.

탁!

민재는 재빨리 뒤로 물러섰다. 그 빈자리를 누런 섬광이 할 퀴고 지나갔다.

쉬익!

아름다운 빛의 선이었으나, 그것은 마왕의 스킬이었다.

만약 맞았다면 몸이 반 토막이 났을 터.

식은땀이 흐르는 기분을 느끼며, 민재의 반격이 시작되었다.

고무처럼 몸을 튕기며 몸을 다시 앞으로 뻗었다. 동시에 창을 내질러 마왕을 공격해 들어갔다.

"강탈! 탈취!"

스킬이 사용되며 전투가 시작되었다.

아군은 도주를, 적은 추격을.

동료들과 마수들은 이미 체력이 급감한 상황. 빈사 상태로 적과 맞섰다간 죽기만 할 것이다.

프리 미니언 중 살아남은 자는 팍살라뿐. 나머지 인원 중 전투가 가능한 자는 민재뿐이었다.

둘이서 적을 상대하기엔 너무 벅찼다.

그러니 일단 도망부터 치고 보는 것이다.

반면 체력이 최고나 마찬가지인 마왕과 거인은 성큼성큼 다가왔다.

민재와 팍살라가 나서 도주로를 차단해 버리자, 마왕과 거인은 아군을 쫓지도 못했다.

"쥐새끼 같은 놈들!"

거인이 성질을 내며 망치를 휘둘렀다.

콰앙!

[윽!]

팍살라의 거대한 몸이 튕기듯 날아갔다.

몸을 튕겨 내는 거인의 스킬에 당한 것이다. 때문에 거인을 막을 자가 없어져 버렸다.

"다 죽여 버리겠다!"

거인이 즉시 땅을 박차며 달렸다.

간단한 공격 한두 방이면 아군을 진형을 초토화시킬 수 있으니 피해를 무릅쓰고 달려가는 것이다.

"아아아!"

민재가 고함을 지르며 거인을 막아섰다.

콰광!

망치와 창이 부딪치며 굉음이 발생했다. 그때.

재깍재깍!

시계 소리가 들려왔다. 장소는 몇 걸음 밖의 마왕.

'설마?'

당했다는 생각이 드는 순간.

슈아아악!

또다시 대기가 미친 듯 비명을 지르기 시작했다.

대단위 범위 공격이 다시 사용되는 것이다.

'스킬 재사용!'

시계 스킬로 마왕은 스킬 하나를 다시 사용할 수 있다.

광역 공격 마법이 다시 터져 버린다면 도주하던 아군 모두가
죽고 말 터.

팍!

즉시 마왕을 저지하려 했지만, 거인이 앞을 막아섰다.

"어딜 가느냐!"

쿠웅!

"윽!"

질주가 거인에게 막히는 그때.

콰아앙!

사방의 대기가 터져 나가며, 시스템 음성이 귀를 아플 정도
로 울렸다.

[아군이 적에게 당했습니다.]

[적 더블 킬.]

[적 트리플 킬!]

메아리치듯 숫자가 올라갔다. 펜타킬을 넘어선 숫자는 결국
레전드리 킬만을 반복했다.

[적 레전드리 킬!]

[적은 전설입니다.]

순식간에 13명이 죽어 버렸다.

민재와 샤나. 그리고 탑라인에 있던 고블린과 미냐세를 제외하곤 모두가 죽어 버린 것이다.

"으아악!"

민재가 소리 지르며 창을 움켜쥐었다.

눈에 들어오는 것은 비웃는 듯한 얼굴의 마왕. 당장에라도 저 얼굴을 짓이겨 버리고 싶었다.

하지만 이성이 제동을 걸었다.

[잡아라!]

튕겨져 나갔던 팍살라. 그가 빠른 속도로 날아오며 소리쳤다.

마침 거인과 마왕에게 틈이 생긴 상황. 팍살라의 다리를 잡기만 한다면 이 장소를 무사히 빠져나갈 수 있을 것이다.

하나 민재는 그럴 수 없었다.

이미 마수 여섯과 체게게, 우르자, 비누엘이 2데스를 당한 상황이었다.

여기서 도망쳐 본들, 다음 전투를 제대로 치를 수 있겠는가? 아마도 3데스를 우려하며 전장을 이탈하고 말 것이다.

"팍살라!"

민재가 이를 악물고 소리쳤다.

전장 이탈은 사용할 수 있는 수단을 모조리 사용하고 난 뒤라도 늦지 않은 법.

"브레스를 사용해!"

팍살라가 즉시 고개를 돌리더니 불길을 뿜었다.

화아악!

불길은 부챗살 모양을 한 채 맹렬한 속도로 뻗어 나갔다.

"음!"

전방에 있던 마왕과 거인이 신음성을 냈다. 거인은 양팔을 교차해 앞을 막았고, 마왕은 아랑곳하지 않고 달려왔다.

그리곤 격돌.

화르륵!

불길이 순식간에 마왕과 거인을 덮쳤다.

콰앙!

굉음이 터지며 순간적으로 적에게 엄청난 피해가 가해졌다.

"으악!"

거인이 압력을 이기지 못하고 뒤로 나뒹굴었다. 단번에 체력이 주욱 닳더니 곧 그의 몸은 힘없이 쓰러지고 말았다.

[이민재 님이 적을 처치했습니다.]

마왕은 얼굴이 일그러졌지만 신음 한 번 내지 않았다. 조금도 흐트러짐 없이 이쪽으로 달려오고 있었다.

'죽지 않다니!'

민재는 놀라울 뿐이었다.

퍅살라의 브레스는 궁극기나 마찬가지였다.

강력한 공격을 펼친 여파로 퍅살라는 한동안 아무런 힘을 쓸 수 없는 상태가 되어 버릴 정도로 혼신의 힘을 다한 공격이 아닌가.

설마 했었는데, 강화 포탑을 무너뜨릴 수 있는 공격마저 버텨 내다니.

팍살라가 전투 불능이 되었으니 마왕을 공격할 수 있는 자는 민재뿐이었다.

다행히 마왕의 체력은 이미 상당히 소진된 상태.

'이길 수 있어!'

와아악!

민재는 달려가며 창을 뻗었다.

마왕도 가만있지 않았다. 움켜쥔 주먹을 이쪽으로 뻗었다.

"숨겨 둔 한 수가 있었군!"

푹푹!

쾌광!

창끝과 마왕의 손톱이 동시에 서로를 가격했다. 순식간에 몇 합이 교차되었다.

온몸에 시큰거리는 통증이 느껴질 정도로 마왕의 공격은 강력했다.

하나 마왕은 얼마 버티지 못했다.

결국 쿠웅! 마왕은 무릎을 꿇고야 말았다.

[더블 킬!]

[마무리.]

"후우우."

민재는 숨을 몰아쉬며 마왕의 시체를 내려다보았다.

쓰러뜨리긴 했으나 무척이나 힘든 상대였다.

다시 마주친다면?

아마도 이제부터 한동안 팍살라가 활약할 수 없을 것이니 전투는 더욱 힘겨워질 것이다.

민재는 곧바로 미드라인 공략에 나섰다.

체력은 심각할 정도로 저하되어 있었지만 적이 전멸한 지금 포탑을 공략해야 하기 때문이었다.

적 미니언을 공격하며 진군하자 포탑까지 당도하는 것은 금방이었다.

아군 미니언과 힘을 합쳐 체력이 반 이상 소진된 포탑을 치자, 그것은 곧 무너졌다.

[포탑을 파괴하였습니다.]

탑라인의 포탑도 무너졌다. 고블린과 미냐세의 공격이 주효했다.

이로써 양측은 포탑이 2개씩 무너진 상황.

"본진으로."

"응!"

민재는 귀환 주문을 클릭했다.

빛무리가 몸을 감싸는가 싶더니, 곧 민재의 몸은 신전으로 이동해 있었다.

파파팡!

고블린과 미냐세도 인근에서 나타났다.

죽었던 아군도 하나둘씩 살아나기 시작했다.

민재는 그들의 얼굴을 보며 착잡한 마음을 감출 수가 없었다.

'2데스가 일곱 명이나 되다니.'

민재와 미냐세, 샤나는 이번 전장에서 죽지 않았다. 하나 체게게와 우르자, 비누엘과 마수 넷이 2데스를 당한 상태였다.

한 번만 더 죽게 되면 3데스.

이대로 계속 전투를 진행했다간 무슨 일을 겪게 될지 알 수 없는 일이었다.

이번 전장은 마수 통가가 주최했다. 민재에겐 목숨을 바칠 정도로 중요한 전장은 아닌 것이다. 하나.

'지구의 유저를 알아내야 해.'

민재는 마왕에게서 정보를 캐내야 했다. 그는 자신을 이겨야만 지구의 유저에 대해서 알려 주겠다고 말했다.

강직한 성격의 마왕이 한 말인 이상, 전장을 포기해 버리면 정보를 얻지 못할 가능성이 컸다.

그러니 민재는 어떻게 해서든 이번 전장에서 승리해야만 했다.

'2데스를 당한 사람은 전투에 투입할 수 없어.'

아군의 절반 가까이나 2데스. 곽살라마저 신전의 한쪽에서 몸을 웅크리고 있었다. 브레스를 사용한 여파였다.

한동안 움직일 수 없을 것이다.

반면 적 중 2데스는 거인과 마왕, 드래곤은 1데스만 기록했을 뿐이었다.

전력이 감소한 상태이다 보니 암담한 기분마저 들었다.

"큰일 났군. 대책이 있소?"

비누엘이 물었다.

"아니요."

민재는 고개를 저었다. 마땅한 대책이 없었다.

"비누엘은 어떻게 할 거죠? 한 번이라도 더 죽게 되면……."

"글쎄, 잘 모르겠소. 리더는 당신이니."

비누엘은 턱을 쓸었다.

"당신의 판단에 따르겠소."

"이번 전장은 우리에겐 중요한 전장이 아닙니다. 포기해도 돼요."

그 말에 마수의 얼굴이 울 것처럼 변해 버렸다. 그에겐 냉정하게 들리겠지만, 민재에겐 생사가 달린 일이었다.

"하지만 그대는 마왕에게서 얻어 낼 것이 있지 않소?"

민재는 입을 다물었다. 부정하기엔 마왕이 가진 정보가 너무 컸다.

"계속 싸우자면…… 싸울 겁니까?"

"그래야겠지."

"위험한데도요?"

"지금까지 위험하지 않은 적이 있었소?"

비누엘이 너털웃음을 지었다.

그러자 체계계가 말했다.

"우리가 죽지 않는 전략을 내면 되지 않겠나?"

"죽지 않는 전략이라……."

소극적으로 행동하면 죽지만은 않을 수 있었다. 적을 피해 움직이면 되는 것이다.

하나 이것은 단기적일 뿐, 결국엔 지고야 만다.

어느 쪽도 선택하기 어려웠다.

고민을 담은 시간이 흐르는 그때,

[브라클 님이 전장을 이탈하였습니다.]

난데없이 시스템 음성이 들렸다.

'뭐?'

"엇?"

민재는 물론이고 동료들마저 깜짝 놀랐다.

브라클은 거인의 이름. 그가 전장을 이탈했단 말인가?

'설마…… 3데스를 당하기 싫어서? 그런데 왜?'

지금은 적이 이기고 있는 상황이나 마찬가지. 그러니 이해가 가지 않았다.

하지만 납득이 되기도 했다.

마왕과 거인이 필요에 의해 뭉친 사이라면? 죽을 수도 있는 전투를 하니 목숨을 보전하는 것이 더 합리적이지 않은가.

"거인이 이탈하다니. 그러면 적은 두 명밖에 남지 않았군."

체게게가 눈을 빛냈다. 전의가 샘솟는 모양. 다른 동료들도 암울한 표정을 떨쳐 내고 민재를 바라보았다.

'안심해선 안 돼.'

적의 수가 줄었다고는 하나, 전력은 많이 감소하지 않았다.

마왕의 궁극기 때문이었다. 수가 줄어든 만큼 궁극기로 얻게 될 경험치는 마왕과 드래곤, 둘이 독식하게 되는 것이다.

이를 타개하기 위해서는 마왕이 궁극기를 사용하기 전에 빼 앗아 버리면 된다.

그렇지만 한번 당한 마왕이 고분고분하게 스킬을 빼앗기진 않을 것이다.

결국 전세는 이쪽이 불리해질 터. 싸움은 필연적으로 힘들어질 수밖에 없었다.

그래도 조금 전보다는 상황이 나아졌기에 승산은 있었다.

"싸우죠."

민재는 동료들의 사기를 위해서 불안한 감을 내비치지 않은 채 말했다.

"결정에 따르겠소."

"좋아! 마왕을 잡자구!"

동물들이 무기를 들고 소리쳤다.

그들에게도 별 상관없는 전장일진대 이탈하지 않는다는 게 고마웠다.

"방어는 2데스를 기록한 사람들이 하겠습니다. 나머지는 미드라인으로 가겠습니다."

민재는 동료들과 함께 전진해 나갔다.

비누엘과 체게게, 우르자는 마수들과 함께 포탑 인근에서 멈췄다. 근방을 벗어나지 않고 정글의 몬스터만 잡는 것이다.

민재는 프리 미니언을 정글로 정찰을 보내 아군이 기습당하는 일을 방지했다.

앞으로 나아가자 마왕과 드래곤이 보였다. 양측 미니언들은 적의 2번째 포탑 앞에서 전선을 이루고 있었다.

마왕은 포탑 옆에 가만히 서서 움직이지 않았다.

"드래곤이 없군. 강한 기술엔 대가가 따르는 법인가?"

마왕의 입꼬리가 올라갔다.

조금 전 그에게 큰 타격을 입혔던 팍살라가 사라졌으니 해볼 만한 것일까? 그는 팔짱을 풀며 걸어왔다.

"이제 네가 나를 이길 수 있을까?"

"그건 해봐야 알겠지."

"좋다!"

타악!

마왕이 바닥을 박찼다. 드래곤도 몸을 웅크리더니 점프를 했다.

척!

민재는 급히 창을 겨누며 격돌에 대비했다.

'돌격을 하다니?'

예상외의 행동이었다.

이쪽이 수가 줄었다고는 하나, 마왕은 궁극기가 없는 상태가 아닌가?

이대로 맞붙는 편보다는 포탑을 지키며 시간을 보내는 것이 유리할진대, 유리함을 포기하고 전투를 벌이려 하다니.

생각은 길지 못했다.

콰앙!

"크윽!"

마왕의 주먹에 가슴을 강타당한 민재가 뒤로 밀려났다. 다행히 다리에 힘을 주어 넘어지지는 않았다. 반격도 했기에 민재가 손해 볼 일은 없었다.

그러나 전투가 시작되어 버렸다.

마왕과 드래곤은 범위 공격을 가졌으니 이대로 도망칠 수도 없는 노릇. 이기든 지든 싸움을 해야만 하는 상황이 되어 버렸다.

'무슨 생각이지?'

"얍!"

잠깐의 공백기를 틈타 양이 달려들었다.

그녀가 커다란 망치를 휘둘러 마왕의 어깨를 치자, 드래곤이 마수 하나를 덮쳤다.

콰앙!

근접전부터 시작된 싸움은 결코 쉽지 않았다.

마왕이 기본 공격을 하는 틈틈이 스킬을 사용했기 때문이었다.

지이잉!

빛줄기가 허공을 가르자 마수 하나가 단번에 사망해 버렸다.

공격이 계속 이어진다면 사망자가 속출할 터.

"제기랄! 드래곤만 치세요! 마비 기술은 아끼고!"

민재의 외침에 동료들이 공격의 방향을 바꾸었다. 가장 위협적인 마왕을 공격하던 것을 멈추고 드래곤에게 맹공을 날리기 시작한 것이다.

"무슨 짓을 꾸미는가?"

마왕이 민재에게 주먹을 휘두르다 말고 팔을 펼쳤다.

그ㅇㅇㅇㅇ!

'범위 공격!'

저것을 맞으면 또다시 악몽이 시작된 것이다.

아군 모두의 체력이 급감하게 되고, 어쩌면 죽는 자가 나올 수도 있었다.

막는 것이 최선이지만, 민재는 마왕의 스킬을 허용했다.

결국.

콰과광!

귀청을 찢는 폭음이 터지며 엄청난 데미지가 사방을 강타했다.

"으악!"

[모롱가 님이 적에게 당했습니다.]

마수 하나가 더 죽어 버렸다.

동료들은 비명을 지르면서도 드래곤을 계속 공격했다. 민재 역시 마왕에게 하던 공격을 멈추고 드래곤만 집중공격 했다.

여덟 명이 힘을 합쳐 공격하자 드래곤의 체력은 금세 뚝 떨어졌다. 제아무리 강하다고 할지라도 다구리엔 어쩔 수가 없었다.

"통할 것 같으냐!"

드래곤이 고함치며 목을 뒤로 제쳤다. 브레스를 사용하려는 모양.

"통가! 지금!"

"멈춰라!"

드래곤의 발치 아래에 있던 마수가 소리쳤다.

그가 앞발을 내밀자 드래곤의 거대한 몸이 멈칫했다. 잠깐에 불과하나 적의 행동을 막을 수 있는 기술이었다.

그 잠깐의 시간 동안 아군의 공격은 계속되었다.

'드래곤이라도 잡아야 해!'

아군은 피해를 무릅쓰고 공격을 감행했다.

그때 시계 소리가 들렸다.

재깍. 재깍.

마왕이 스킬을 한 번 더 사용할 수 있게 만들어 주는 기술. 놈이 사용할 스킬이 무엇인지는 명약관화.

"모두 물러나요!"

민재는 즉시 마왕에게 달려들었다.

동시에 아껴 두었던 스킬을 퍼부었다.

"갈취! 강탈! 탈취!"

마왕이 사용하려던 범위 공격 스킬과 공격 아이템, 그리고 공격력을 모두 빼앗았다. 그러며 죽어 버린 두 마수에게서 아이템을 약탈해 체력을 채웠다.

"스킬을 빼앗았는가? 그렇다면 이것을 받아랏!"

마왕이 손을 휘둘렀다.

그의 손끝에서 빛이 번뜩이는 순간, 민재는 궁극기를 사용했다.

"탈혼!"

마수의 영혼을 강탈하는 순간, 번쩍! 섬뜩할 정도의 빛이 민재의 몸을 스치고 지나갔다.

본래라면 이 공격으로 큰 피해를 입었을 터.

하나 적대적인 스킬을 무마시키는 궁극기의 효능으로 인해 민재는 아무런 피해를 입지 않았다.

반면 마왕은 범위공격 스킬을 빼앗겼고, 필살의 기술마저 무마되었다.

'됐어! 이제 드래곤만!'

바로 방향을 틀어 드래곤에게 창 공격을 해 나갔다.

그러면서 곁눈질로 동료들을 살폈다. 그들은 재빨리 전장을 이탈하고 있었다. 하나 아직 거리를 많이 벌이지 못했다.

그때 드래곤의 몸이 움직이기 시작했다. 마비가 풀린 것이다.

후으읍!

고개를 끝까지 뺀 녀석은 곧장 입을 벌리며 머리를 앞으로 내밀었다. 방향은 동료들이 도망치고 있는 쪽.

'어딜!'

민재가 급히 점프해 드래곤의 아가리로 뛰어들었다.

몸을 방패삼아 드래곤의 스킬을 막아 보려는 것이다.

이미 몇 번 당해 보았기에 타이밍을 알았다. 운이 좋다면 드래곤의 브레스까지 막을 수 있었다.

그러면 동료들은 무사히 도망칠 수 있게 되고, 민재는 궁극기로 몸을 보호하며 드래곤에게 마지막 타격을 날릴 수 있었다.

하나.

화르륵!

시커먼 불길이 뿜어져 민재의 몸을 스쳐 지나갔다.

민재는 아무런 피해를 받지 않았으나, 불기둥이 너무 커 몸만으론 막을 수 없었다.

'젠장!'

뒤돌아볼 여유는 없었다.

동료들이 어떻게 될지는 너무나도 뻔했다. 지금 순간에 민재
가 할 수 있는 일은 공격뿐이었다.

"하아압!"

불길이 뿜어지는 드래곤의 아가리 속에서, 민재는 미친 듯이
창격을 날렸다.

[아군이 적에게 당했습니다.]

[적 더블 킬!]

[적 트리플 킬!]

시스템 음성이 메아리칠 때마다 창끝이 드래곤의 입천장을
찔러 나갔다.

그러더니 불길이 갑자기 멎으며 드래곤의 아가리가 밑으로
곤두박질치기 시작했다.

[이민재 님을 막을 수 없습니다!]

쿠웅!

민재는 바닥에 닿자마자 바로 아가리에서 빠져나왔다.

기다리고 있던 자는 마왕뿐.

도망치던 동료들은 모조리 죽고 말았다.

"다시 둘만 남았군."

마왕이 주먹을 움켜쥐며 천천히 다가왔다.

움찔.

어깨 위에 앉아 있는 샤나가 몸을 웅크렸다.

이곳에서 살아남은 자는 민재와 샤나뿐. 비록 마왕이 상처를 입었다고는 하나, 둘이서 감당하기엔 너무 강했다.

'제기랄! 전멸이라니!'

계획이 틀어져 버렸다. 몇 명이 죽더라도 다수가 살아남은 상태라야 마왕을 상대할 수 있었다. 한데 둘만 남아 버리다니.

민재는 현재 상황이 너무나도 부담되었다.

시간마저 부족했다.

민재의 궁극기가 남은 시간은 겨우 3초.

안전하게 마왕을 공격할 수 있는 시간은 찰나에 불과한 것이다. 그 짧은 시간 안에 혼자서 마왕을 처치한다? 보통의 방법으론 불가능하지 않을까?

'어쩔 수 없어!'

"으아압!"

팍!

민재의 몸이 화살처럼 앞으로 쏘아졌다.

동시에 민재는 전장 시스템을 이용해 사방을 훑었다.

주변에 있는 동료들의 시체. 그곳에서 아이템을 약탈하는 것이다.

'약탈!'

슈와악!

필드 곳곳에서 빛 무리가 솟아오르는가 싶더니 곧이어 빨려들어가듯 민재의 몸을 향해 이동하기 시작했다.

그것을 본 마왕이 땅을 박찼다.

"어딜!"

강철같은 거구가 쾌속 질주해 왔다.

그 거체의 첨단엔 날카로운 손톱이 있었다. 날카로운 예리함이 민재의 심장을 향했다.

스킬이 사용되지 않은 기본공격에 불과했지만, 고레벨의 스펙을 가진 마왕의 공격이었다. 데미지가 상당할 것이다.

민재는 그것을 피하지 않았다. 마왕의 공격을 피하는 잠깐의 시간마저 아까웠다.

대신 민재는 창을 쥔 오른손을 앞으로 뻗었다. 공격에는 공격. 맞대응하며 마왕의 체력을 깎아 나가려는 의도였다.

하나 이것만으론 마왕을 쓰러뜨릴 수 없는 법.

슈슈욱!

민재는 재빨리 전리품 아이템 칸을 노려보았다.

무수한 아이템 칸에 상당히 많은 아이템이 보였다. 그것의 상단에 민재가 원하는 것이 있었다.

민재는 그것을 꺼내 들었다.

촤아악!

민재의 손아귀에서 빛이 뿜어지더니 은색의 구체가 나타났다.

바로 풍룡 봉인구.

지난 전장에서 획득한, 풍룡이 봉인되어 있는 반지였다.

민재는 왼손마저 앞으로 뻗었다.

그 순간 민재의 창과 마왕의 손톱이 격돌했다.

쾌광!

"윽!"

폭음이 일며 민재의 몸이 뒤로 밀려 나갔다.

마왕은 상체가 뒤로 물러나는가 싶더니 도리어 앞으로 튕기듯 쏘아져 왔다.

민재가 잠시 균형을 잃은 틈을 타 마왕이 재차 공격을 감행하는 것이다.

체력이 얼마 남지 않은 민재는 마왕의 공격을 몇 번 버티지 못하고 죽고 말 순간이었다.

하나 지금 상황은 민재의 노림수였다.

"풍룡 소환!"

반지를 뻗으며 소리쳤다.

한 번도 사용해 보지 않았기에 어떤 효과가 있을지는 미지수였다.

하지만 어느 정도 예상은 가능했다. 지난 전장에서 반지의 본 주인이었던 자가 풍룡을 불러내 공격하는 것을 보았기 때문이었다.

콰직!

순식간에 반지의 구슬에 금이 갔다. 그 틈으로 눈부실 정도로 밝은 빛이 쏟아져 나왔다. 그러더니.

번쩍!

구슬이 폭발하며 희뿌연 무언가가 급격히 자라났다.

그것은 순식간에 거대한 용의 형체를 갖추더니 곧 날개를 펼쳤다.

"공격해!"

[그아아아아!]

정체불명의 괴성으로 귀가 울리는 가운데, 뭔가가 뿜어졌다.

콰우웅!

번쩍임은 짧았다.

하지만 그것의 크기는 엄청났다.

날카로운 칼날과도 같은 것들이 모여 대기를 가득 덮으며 커졌다.

그것은 단숨에 시야를 가득 메워 버리더니, 곧이어 대포처럼 쏘아져 전방을 쓸어버렸다.

콰과곽!

"으윽!"

짧은 신음성이 터져 나왔다. 아마도 마왕의 것이리라.

마왕의 상태가 어찌 되었는지 생각할 시간이 없었다. 죽었다면 다행이나, 만약 살아 있다면 다시 공격을 할 터.

탁!

민재는 곧바로 뒤로 튕겨 나가던 몸에 제동을 걸곤 앞으로 다시 창을 뻗었다. 그러자.

쾅!

창끝에 뭔가가 부딪히며 묵직한 압박감이 몸을 엄습했다.

'윽! 아직 살아 있구나!'

본능적으로 알 수 있었다. 마왕은 아직 죽지 않았다.

풍룡의 공격을 아껴 왔던 민재였다.

한 전장에서 단 한 번.

일회용이라고 할 정도로 재사용 대기시간이 긴 아이템인 만큼 사용에 신중을 기해야 했다. 지금처럼 급박한 상황에서나 사용할 요량으로 아껴 왔었던 필상의 히든카드나 마찬가지였다.

그런데 이 공격으로도 마왕을 죽이지 못하다니.

암울한 기분마저 느껴졌지만, 민재는 포기하지 않았다.

으득!

이를 악무는 찰나.

시야에 마왕이 보였다.

곳곳에 생채기가 가득했다.

풍룡의 브레스에 직격당해 피해를 상당히 입은 것이리라.

급히 상태창을 훑어보니 체력 역시 상당히 저하된 상태였다.

그 순간, 쉬리릭!

약탈 아이템이 날아들며 손상된 체력이 단번에 회복되었다. 그와 함께 민재의 전투 수치가 급상승했다.

이것만으로도 큰 호재! 이제는 마왕의 공격을 버티는 것을 넘어 전세를 역전 상태가 된 것이다.

"교활하군. 이런 힘을 숨기고 있었다니!"

마왕의 눈빛이 매서웠다.

큰 상처를 입었다고는 하나 그는 아직도 강력했다.

이대로 공격을 주고받으면 이길 수 있을까?

'확률은 반반.'

약탈 아이템으로 체력을 회복하며 싸운다고 할지라도 쉽사리 승리를 점칠 수 없었다.

마왕의 공격은 명불허전. 이대로 공방을 주고받다간 마왕을 죽이기도 전에 자신이 먼저 쓰러질지도 몰랐다.

게다가 민재의 궁극기마저 시간이 다해 버렸다.

슈우욱.

적대적인 스킬을 막아 주던 궁극기.

마왕의 스킬 하나하나는 너무나도 강력하다.

그것에 당한다면 즉사하고 말 것이니. 확실히 승리를 거머쥐기 위해서 특단의 행동이 필요했다.

'더는 아껴선 안 돼!'

민재는 팔을 뻗으며 소리쳤다.

"샤나!"

다다닥!

샤나가 팔 위를 달렸다.

마왕을 향해 날아가 궁극기를 사용하려는 것이다.

정령 폭발.

혹시라도 모를 사태에 대비해 아껴 왔던 스킬이었으나, 지금 순간에 마왕을 처치할 방법은 이것뿐이었다.

팍살라의 브레스에 버금갈 정도로 강력한 한 방 스킬. 허나 피해 범위가 너무 넓었다.

아군마저 당할 우려가 있기에 지금껏 사용을 꺼려 왔으나, 지금은 방법이 없었다.

정령이 폭발하는 순간 민재마저 죽게 될 것이지만, 이것으로 마왕을 처치할 수만 있다면!

탁!

샤나가 손목을 밟고 뛰어올랐다. 동시에 몸을 웅크렸다.

그때.

스으윳!

마왕이 손가락을 들어 올렸다.

저 행동이 뜻하는 바는 단 하나뿐.

'빛 공격!'

선뜩한 빛과 함께 허공에 균열을 일으키는 마왕의 스킬이었
다.

아마도 2초.

재사용 대기시간이 조금 더 길 것이라 예상했던 민재였다.
적어도 2초 정도는 지나야 마왕이 스킬을 사용할 수 있으리라
고 생각했던 것이다.

그런데 벌써 사용할 수 있다니.

'설마 아이템을?'

지난 전투 후, 마왕은 재사용 대기시간을 줄여 주는 아이템
을 구입했을 가능성이 컸다.

단순히 재사용 대기시간을 줄여 스킬을 몇 초 더 자주 사용
할 수 있는 정도에 불과하지만, 이것이 전투에 파장은 엄청나
고 할 수 있는 법.

'당했다!'

계산 착오였다.

저 스킬에 맞아 버린다면 샤나는 버틸 수가 없게 된다.

단번에 즉사.

본능적으로 그 사실을 알아챈 민재가 땅을 박찼다.

탁!

'내가 죽더라도 샤냐만 살아남을 수 있다면!'

하나 거리가 너무 멀었다.

결국, 빛의 호선이 허공을 그어 버리고 말았다.

츠팟!

섬뜩한 소리와 함께 공간이 일그러지듯 잘려 나갔다. 하나 민재가 예상한 장소가 아니었다.

공격 목표는 샤나.

민재가 아니었던 것이다.

[적을 도저히 막을 수 없습니다.]

시스템 음성이 울리기도 전에 민재는 알 수 있었다.

샤나가 죽어 버린 것이다. 단 한 번에.

'젠장!'

이렇게 되면 다른 방법이 없다.

도망칠 수도 없으니, 오직 공격뿐.

민재는 마왕에게 창 공격을 퍼붓기 시작했다. 마왕 역시 손톱으로 반격을 해 왔다.

방어를 도외시한 공격이 이어지자 대기가 미친 듯 떨렸다.

쾅쾅!

마왕의 공격에 민재의 체력이 푹푹 깎여 나갔다. 약탈 스킬로 체력을 회복해 보았지만, 각종 수치를 높여 주었던 샤나가 사라지자 민재의 전투력은 급감해 버렸다.

결국, 푸욱!

마왕의 손톱이 심장에 박히며 세상이 색채를 잃어버렸다.

[적은 전설입니다.]

'으아아!'

민재는 괴성을 질렀다.

하나 아무런 소리도 나지 않았다.

죽어 버린 상태에서는 소리를 질러 봐야 헛수고인 것이다.

온통 흑백뿐인 세상 속에서 홀로 둥둥 떠 있는 지금. 이런 상태가 뜻하는 것은 명확했다.

바로 사망.

'제기랄!'

마왕의 체력은 겨우 50만 남은 상태였다.

'한 번만 더 쳤으면 잡을 수 있었는데!'

"강하군."

마왕이 아래를 내려다보며 말했다. 그곳엔 자신의 시체가 있을 것이다.

"그대가 전진만을 생각했다면 당하는 쪽은 나였을 것이다."

마왕은 손을 옆으로 뻗었다.

그러자 그의 몸 주변에서 기이한 빛 무리가 피어올랐다.

신전으로 되돌아가는 귀환 주문.

그것을 보자 너무나도 아까운 마음뿐이었다. 잡을 수 있었는데, 절호의 기회를 놓치다니.

민재는 급히 미니맵을 살펴보았다. 안타깝게도 근처에 아군은 없었다. 멀리 떨어진 거리에 별동대가 있었지만, 마왕의 귀환 주문이 더 빠를 것이다.

'결국 잡지 못하나……'

민재는 아무것도 하지 못한 채 마왕의 귀환 주문이 완성되어 가는 광경을 지켜볼 수밖에 없었다.

결국, 빛 무리가 마왕의 몸을 덮었고 마왕의 시선이 이쪽을 향했다.

눈이 마주친 상태에서 그가 말했다.

"기대되는군."

무엇이 기대된다는 말인가?

알 수 없는 한 마디를 남겨 둔 채 마왕의 몸은 사라져 버렸다.

그리고 곧이어 민재의 몸 역시 사라져 버렸다.

슈와악!

공간의 비틀림이 사라지자, 세상이 원래의 색채를 되찾았다.

부활한 곳은 신전이었다.

"후우……."

민재는 한숨부터 내쉬었다.

그리곤 주변 상황부터 살폈다.

아군과 적군이 괴멸된 때를 틈타 아군의 별동대가 포탑 공략을 마친 상태였다.

2데스를 당해 따로 움직이고 있던 팀이 탑 라인의 포탑에 맹공을 가한 것이다.

휘청거리던 포탑은 비누엘의 화살에 결국 무너져 버렸다.

이제 무너진 포탑의 수는 2:3.

공성의 진척도로 보자면 아군이 훨씬 유리해졌다.

그러나.

민재는 마음이 편치 않았다. 다음 전투가 부담되는 것이다.

파파팡!

바람 소리와 함께 동료들이 귀환했고 죽었던 자들도 모두 되살아났다.

"안타깝소. 마왕을 물리치지 못하다니."

비누엘이 어두운 얼굴로 말했다.

체게게는 호승심이 도는 모양이었다.

"다음엔 이길 수 있을 것이다."

"그렇게 되면 좋겠지만……."

AOS 게임에서의 전투는 현실과는 달랐다.

체력을 빠르게 회복시켜 주는 신전의 존재와 회복 물약으로 인해 사망자가 생기는 큰 전투보다는 치고 빠지는 소규모 전투가 더 많은 것이다. 마왕과 마지막 승부를 내기는 결코 쉽지 않을 것이다.

그것 이상으로 문제가 되는 점이 있었다.

'2데스가 14명…….'

아군 중 대다수가 위기였다.

2데스가 아닌 자는 민재와 샤나, 미냐세뿐.

나머지는 한 번만 더 죽게 되면 3데스였다.

'이대로는 마왕과 싸우지 못해.'

아군 10명에 프리 미니언, 풍룡까지 소환해서야 적 하나를 겨우 해치울 수 있었다.

이제는 전력이 더 감소해 버렸으니, 전략을 어떻게 짜야 할지 막막한 것이다.

'포탑의 수는 이쪽이 유리해. 치고 빠지는 전략을 사용한다면?'

마수들 전원이 원거리 공격에 능한 만큼 치고 빠지는 전략을 구사한다면 승산은 있었다.

하지만 이는 무척이나 위험한 전략이었다.

적이 언제 어디서 들이닥칠지 예상하지 못하니, 아군의 피해 없이 승리하기란 모래사장에서 바늘 찾기보다 힘든 일이었다.

'전장을 포기해야 하나?'

마왕은 2데스. 이번에 잡았다면 끝이었겠지만, 아직 그는 죽지 않았다.

다음 기회가 있을까?

이번 싸움은 마왕이 궁극기를 사용하지 않은 채 벌어졌다. 다음 전투 땐 마왕이 궁극기를 사용할 것이니, 전투가 더 힘들어질 것은 뻔하지 않은가?

풍룡마저 사용해 버렸다. 샤나의 정령 폭발은 쓰질 못했다. 남은 카드는 이것뿐이었다.

하나 이것만으로 마왕을 무찌를 수 있을까?

꽉살라가 브레스를 사용할 수 있을 때까지 버티면 방법이 있을지도 몰랐다. 두 개의 카드를 한 번에 사용하면 길이 있는 것이다.

하나 그때까지 버티기가 쉬울 리가 없었다.

"후."

다음 전투를 어떻게 치러야 할지 난감한 기분뿐이었다.

"아이템 구입을 모두 마쳤다."

체게게가 다가왔다.

"이제 어떻게 행동하면 좋겠는가?'

민재는 체게게를 쳐다보았다. 자신이 죽을지도 모른다는 것을 알고 있을 텐데, 그녀에게선 두려움이 느껴지지 않았다.

'후우……'

민재는 고개를 저었다.

'차라리 전투를 포기하는 것이 낫겠어.'

지구의 유저가 누구인지 궁금했다.

민재에게 있어 지구는 전장이 끝나고 쉴 수 있는 유일한 안식처. 그만큼 중요한 곳이기에 적이 될 수도 있는 자의 정보는 무척이나 귀중했다.

하나 동료들의 목숨까지 걸 필요는 없었다.

그런 생각을 하는 때.

[드로크니아 님이 전장을 이탈하였습니다.]

"음?"

동료들은 물론이고 민재마저 깜짝 놀라고 말았다.

또다시 들린 시스템 음성. 적 중 하나가 전장을 이탈했다는 메시지였다.

'이번엔 드래곤이?'

조금 전 전투로 2데스를 기록한 블랙 드래곤이 전장에서 빠져나갔으니.

"음! 이제 남은 적은 마왕뿐인가!"

통가가 주먹을 움켜쥐며 소리쳤다.

적 하나가 줄어들었으니 기쁜 것이리라.

다른 동료들 역시 한시름 놓았다는 표정이었다. 전투 의지는 강했지만, 그들도 부담되는 것이 사실이었을 터였다.

민재 역시 기쁜 마음이 들었다.

그러나 그런 기분은 한순간일 뿐.

'마왕이 궁극기를 사용하면……'

엄청난 양의 경험치를 마왕 홀로 독식하게 된다.

드래곤이 없어졌으니 아군이 승리할 확률은 높아졌지만, 마왕을 해치우기는 더 어려워진 것이다.

'역시 안전이 최우선이야.'

통가와 우르자에겐 미안한 일이지만.

'포기해야겠어.'

민재는 동료들을 둘러보며 입을 열었다.

"아무래도 전장을……"

"이민재."

갑자기 들려온 목소리.

민재는 말을 하다 말고 입을 다물었다.

'마왕?'

놈이 이곳까지 왔을 리는 없으니 전체 채팅일 것이다.

"할 말이 있나?"

"너는 한국인인가?"

"뭐?"

민재는 황당한 기분이 들었다.

마왕이 지구에 가 보았다는 것은 알고 있었지만, 한국이라는 나라의 이름까지 알고 있다니.

"그렇다면?"

"역시. 내 눈은 틀리지 않았군. 너희는 싸울 맛이 나는 종족이야."

목소리에 웃음기가 스며 있었다.

"나와 싸우는 게 재미있나 보지?"

"물론. 나는 마왕이기 이전에 마족. 전투는 신앙이자 삶의 목표일지니."

낮은 웃음소리가 잠시 터지더니 놈이 말을 이었다.

"하지만 그대의 종족은 참으로 기이하군. 허약하고 나약한 육체를 가진 주제에, 이곳에선 마족만큼이나 강하다니. 게임 종족이라 불리는 자들다워."

"……."

민재는 입을 다물었다.

게임 종족이라니?

한국인이 게임을 잘하는 것은 사실이나, 본디 민재는 게임 고수가 아니었다. 지금까지 살아남을 수 있었던 이유는 전장 시스템을 잘 활용했기에 가능한 일이었다.

잠자코 있자, 마왕이 말했다.

"지구의 유저에 대해 알려 주겠다."

"뭐, 뭐라고?"

갑자기 이게 무슨 소리란 말인가?

"잠깐만. 이겨야만 가르쳐 준다고 하지 않았어?"

"사라 크로포드."

"뭐?"

민재는 경악할 수밖에 없었다.

사라 크로포드라니? 그 이름을 모를 리가 있나!

현재 세계 게임계를 제패하고 있는 AOS 게임인 리그 오브 카오스.

전장에 불려 오기 전까지 게임에 큰 관심이 없었던 민재였다. 그런 민재도 그녀의 이름은 잘 알고 있을 정도로 그녀는 유명했다.

"프로 게이머라니……."

허탈했다.

마왕의 입에서 자신이 아는 이름이 나올 줄은 꿈에도 생각지 못한 점도 있었지만, 하필 지구의 유저가 프로 게이머라니.

컴퓨터 대전도 제대로 소화하지 못했던 민재였다. 그런데도 게임 지식을 잘 활용해 지금까지 잘 생존해 왔다.

그런데 프로게이머가 시작부터 같은 조건으로 이 전장을 경험했다면?

꾸욱.

민재는 주먹을 거세게 거머쥐었다.

지구의 유저는 자신보다 약할 리 없다. 절대로.

"그럼, 다음에 또 보지."

마왕의 목소리.

그것이 끝남과 동시에 시스템 음성이 뇌리를 쳤다.

[엔시스 님이 전장을 이탈했습니다.]

"뭐? 자, 잠깐!"

민재가 급히 소리쳤다.

전장 이탈이라니? 마왕이 전장을 왜 이탈한다는 말인가!

하지만 의문을 채 가지기도 전에 기이한 바람 소리와 함께 시스템 음성이 또다시 들려왔다.

휘이익!

[승리!]

〈『신의 게임』 제8권에서 계속〉